KB005144

문학과지성 시인선 553

미기후

이민하 시집

문학과지성사

문학과지성사에서 펴낸 이민하의 시집

음악처럼 스캔들처럼(2008)
환상수족(2015, 문학과지성 시인선 R)
세상의 모든 비밀(2015)

문학과지성 시인선 553

미기후

초판 1쇄 발행 2021년 5월 4일
초판 4쇄 발행 2022년 1월 24일

지 은 이 이민하
펴 낸 이 이광호
주 간 이근혜
편 집 조은혜 최지인 이민희 박선우 방원경
펴 낸 곳 ㈜문학과지성사
등록번호 제1993-000098호
주 소 04034 서울 마포구 잔다리로7길 18(서교동 377-20)
전 화 02)338-7224
팩 스 02)323-4180(편집) 02)338-7221(영업)
전자우편 moonji@moonji.com
홈페이지 www.moonji.com

ISBN 978-89-320-3846-9 03810

이 책은 서울문화재단 '2019년 창작집 발간 지원사업'의 지원을 받아 발간되었습니다.

문학과지성 시인선 553

미기후

이민하

시인의 말

신의 사랑과
시인의 사랑 이전에
인간의 사랑이 있을 것이다.

2021년 4월
이민하

미기후

차례

3zip 모든 말을 하려면 입을 다물어야 할까요

4zip 우리는 떨어지면서 발견됩니다

1zip

촛불을 끄렴
나쁜 기억의 수만큼

하류

어두운 백척간두 일인실에 누워
신은 우리를 창밖에 매달아두고 잊어버린 것 같아.

줄을 끊은 새들이 흘러내리는
유리를 닦고 닦다가 손바닥을 떨어뜨리고

주워 온 인형 팔이 스무 개나 있다. 서랍 안에는
낡은 한국어 교본도 있다.

흰 입 검은 입 가르마를 타고
고요히 복화술을 익히고
아름다운 인체를 얻었는데

속눈썹도 셀 수 있을 것 같은 밤인데

이 밤이 신이 꾸는 악몽이라면
우리는 헝겊 옷을 빨아 입고 조금만 더 누워 있자.
가려운 등을 내밀고

입김을 호호 불며 번갈아 태엽을 감아준다면
믿을 수 없이 믿음에 가까워져서

사람의 품속으로 돌아가는 꿈을 꾸었다.

wave

언니는 자꾸 머리를 박았다
거울이 많은 집이었다

가까이 다가갈수록
막다른 장면엔 우리만 남았다

거울은 종일 서 있었다
벽을 증명하려고

등을 돌리는 순간 나는 나의 타인이 되는 것이다
끝내는 벽이 되는 것이다

거울 앞에 종일 서 있었다
얼굴을 증명하려고

이목구비를 기를 수 없어서
머리를 길렀다

언니들 끈으로 머리를 묶었다

우리는 웨이브도 말았다 굽실굽실

누군가 가위를 높이 들고 내려다보았다
뒤통수의 두께를 재려는 듯이

우리는 두 손을 한없이 내리고 앞을 보았다
거울의 깊이를 재려는 듯이

밖에는 검은 눈이 뭉텅뭉텅 떨어졌다
나는 거울 속에 앉아 바라보았다

이제 끝났습니다
다시 뭉칠 수 없는 밤들이 녹기도 전에 쓸려나가고

다음엔 시원하게 깎아드릴게요
더 치를 게 있다는 듯이

바닥에 쌓인 증거가 불충분해서
언니는 아직 가위 밑에 있었다

머리가 물방울만큼 붙어 있었다
우린 함께 왔는데

의자엔 한 사람씩 앉았다
꼭 한 사람씩 흘러갔다

흰 입 검은 입

아무래도 우린 길을 잃은 것 같아요
랜턴이 말했다

우리는 같은 숲에 있었다 지도에는 없는 밤이었다

맹수들이 나타났고 정확히는 울음소리만 나타났기에
바람만 불어도 우우우 검은 그림자들은 모두 앞발을 들고 있는 것 같았다
숲을 자꾸 헝크는 나무들 사이에서

아무래도 우린 길을 잃은 것 같아요
엽총이 말했다

같은 말을 하면서 우리는 같은 길을 잃었다

맹수들의 울음소리에 귀를 빼앗겼고 정확히는 온 마음을 빼앗겼고
맹수를 본 적이 없는데 동물원에 간 적도 없는데
날카로운 이빨과 사나운 발톱을 우린 똑같이 그릴 수

있을 것 같았다

아무래도 우린 길을 잃은 것 같아요
카메라가 말했고

같은 발음을 할 때의 혀 꼬임과 안면근육의 떨림이 닮아가고 있었다

물었던 곳을 물면서 모기들은 피를 빨았지만
조금도 커다래지지 않았다 모기들이 새처럼 커진다면
눈이 감겨 떠날 수도 있을 텐데

비가 와서 우리는 서로에게 달라붙었다
밤새 이야기를 물고 빨아도 아무도 커다래지지 않아서

아무래도 우린 길을 잃은 것 같아요
아이가 말했다

같은 말을 하면서 우리는 말을 잃은 것 같았다

시간이 멈춘 듯이

달리던 기차에서 와르르 얼굴들이 쏟아지듯이

저녁 길에 터져버린 과일 봉지에서
굴러가버린 동그란 것들을 어디선가
불쑥 알아볼 수 있을까

피켓을 들고 서 있었다
손을 적신 단물이 빠질 때까지

새벽의 대합실에서
토요일의 거리에서
기다림이 꽉 찬 빈방에서

낡은 가방을 들고 벌을 받듯이
고자질을 한 입이 다물어지지 않듯이

끝난 겨울과 시작되는 겨울이 불을 끄고 마주 앉아서
일 년을 혀로 핥았는데 녹지 않는 케이크라면
그 위에 꽂혀 있는

플라스틱 꽃불들은 누구의 피켓일까
아니면 눈물일까

눈앞에 떠 있는 눈송이가 공중에 매달려 내려오지 않듯이

집zip
—녹취록

겁이 많은 아이들은 침대 밑에 숨어요.
진짜 겁쟁이 아이들은 거기 숨지 않는단다.

침대 밑에 누가 있어요.
너는 지나치게 영화만 보는구나.

이사할 때마다 인형이 하나씩 사라지는걸요.
곁에서 떠나갈 뿐 가족은 영원히 사라지지 않아.

집에 돌아올 땐 창문 아래서 흠칫 멈추게 돼요.
불 켜놓고 나가는 버릇 여전하구나.

누군가 똑똑 두드릴 것 같아 방문을 닫지도 못하는걸요.
너는 지나치게 믿음에 빠졌구나.

옷장 속에 숨으면 불빛도 얼씬 못 해요.
겁도 없이 거기 있으면 못 찾을 줄 아니.

어둠 속에선 빠르게 어른이 되니까요.

옷장이 알을 품은 닭이라도 되는 것처럼 말하는구나.

여긴 너무 따뜻하고 냄새가 좋아요.
너는 지나치게 말수만 늘었구나.

잠이 점점 줄었으니까요.
얘야, 이제 그만 나오거라.

혼자라서 무서운가요?
우린 함께 있잖니.

할머니는 아직 침대 밑에 있나요?
거울을 보렴.

이 방엔 거울이 없어요.
옷장도 사라진 지 오래인걸.

소년소녀

할머니는 절반만 날았다. 뼈만 남아 그네가 되었다. 업혀 있던 아이들은 어디로 갔나. 엄마는 하반신이 굳었다. 아이만 쑥쑥 낳다가 미끄럼틀이 되었다. *밑바닥부터 기렴.* 빈손을 물려주었다. 모래로 집을 짓던 아이들은 어디로 갔나. 아빠는 얼굴이 퇴화해서 개미만큼 작아졌다. 어깨만 키워서 철봉이 되었다. *주먹을 꽉 쥐고 버티렴.* 매달리던 아이들은 어디로 갔나.

코피가 터진 아이와 무릎이 깨진 아이가 아파트로 실려 갔다. 엘리베이터가 수혈 팩처럼 오르내렸다. 과묵한 의사는 밤에만 회진을 왔다. 앞치마를 두른 간호사가 아이들을 깨웠다. 따뜻하고 빨간 국물을 차례로 떠먹였다. *피를 나눈 사이란 걸 잊지 말거라.* 배가 부르고 나면 입닦는 법도 배웠다. 피가 모자란 아이들은 어디로 갔나.

놀이터를 떠돌면 피냄새가 났다. 밤의 꽃잎들은 성냥불처럼 떨어졌다. 핏기가 없는 아이들이 어슬렁거렸다. 서로의 목에 이빨을 쑤셔 박으며 영원을 약속하던 아이들은 어디로 갔나. 모래성 안에 누워 엄마는 어둠의 틈새로 내다보았다. 실눈을 불빛처럼 뜨고 있었다. 꽃나무 밑에 아이를 묻고 우리는 어디로 갔나.

18

1세의 소녀가 울고 있다 2세의 소녀가 울고 있다 3세의 소녀가 울고 있다 4세의 소녀가 울고 있다 5세의 소녀가 울고 있다 6세의 소녀가 울고 있다 7세의 소녀가 울고 있다 8세의 소녀가 울고 있다 9세의 소녀가 울고 있다 10세의 소녀가 울고 있다 11세의 소녀가 울고 있다 12세의 소녀가 울고 있다 13세의 소녀가 울고 있다 14세의 소녀가 울고 있다 15세의 소녀가 울고 있다 16세의 소녀가 울고 있다 17세의 소녀가 울고 있다 그리고……

옛날 소녀들은 열여덟 살에 엄마가 되고
아이들이 다 자랄 때까지
부엌에서 칼을 곱게 갈았는데
어디에 쓸까요?

부모의 반이 울고 있다

끊을 수 없는 마음을 칼끝으로 다독이며
꺼져가는 석양을 다시 피워 올리며
네 사람의 고독을 끓이듯

식사 기도라면 우리도 할 줄 아는데
엄마는 왜 몰래 기도를 해요? 식칼을 들 때마다
왜 자꾸 딸꾹질을 해요? 죄를 혼자 훔쳐 먹은 것처럼

4인분의 손끝에서 칼은 점점 무디어지는데
칼같이 찾아오는 아침과 저녁

밤의 찌꺼기는 어디에 버려요?
맛있는 인생은 언제 나와요?

언니는 열여덟 살에 숙녀가 되고
엄마 손에서 달아나 어둠 속에서 치마가 찢겼지만
짓밟힌 사랑이 다시 싹틀 때까지

머리를 서랍에 넣어두고
머리칼만 뽑아서 털모자를 짰는데
어디에 쓸까요?

뜨개질이라면 나도 배웠는데
언니는 돌아앉아 무얼 뜨는 거야? 산부인과에 다녀올 때마다
언니는 습관처럼 무얼 새기는 거야? 팔목이 도마도 아닌데 언니를 아무리 썰어도

언니는 언니를 삼키지 못하고
언니는 언니를 뱉지도 못하고

할머니는 열여덟 살에 백나비가 되어
곱게 땋은 갈래머리가 칼바람에 잘릴 때까지

종이처럼 날개를 폈다 접었다
잠들지 않는 포화 속 청동 소녀들을 나르다가
겨울밤은 길어서 낙엽을 덮고 누웠는데
어디에 쓸까요?

뒷골목의 소녀들은 시린 깔창을 차고 견디는 피의 날들
달빛도 기어들지 않는 단칸방에서

소녀들은 물방울처럼 태어나

지구의 반이 울고 있다

빗소리를 닫으며 돌아서는 등 뒤에서
갑자기 터진 구름이 아니라 내일이면 말라붙는 울음이 아니라
흘러가는 맨발이 해변에 닿을 때까지
조금씩 부푸는 먼바다를 품듯이

1인의 소녀가 울고 있다 2인의 소녀가 울고 있다 3인의 소녀가 울고 있다 4인의 소녀가 울고 있다 5인의 소녀가 울고 있다 6인의 소녀가 울고 있다 7인의 소녀가 울고 있다 8인의 소녀가 울고 있다 9인의 소녀가 울고 있다 10인의 소녀가 울고 있다 11인의 소녀가 울고 있다 12인의 소녀가 울고 있다 13인의 소녀가 울고 있다 14인의 소녀가 울고 있다 15인의 소녀가 울고 있다 16인의 소녀가 울고 있다 17인의 소녀가 울고 있다 그리고……

가위

어떤 날에 우리는 철없이 병이 깊었다
일요일인데 얘들아, 어디 가니?
머리에 불이 나요
불볕이 튀는데 없는 약국을 헤매고

창가에는 화분이 늘었다
좋은 기억을 기르자꾸나
머리카락이 쑥쑥 자라고 눈 코 입이 만개할 때마다

오늘은 특별한 날이니까
생크림을 발라줄게
촛불을 끄렴 나쁜 기억의 수만큼

전쟁을 줄입시다
담배를 줄이듯

징집되는 소녀들은 머리에 가득 초를 꽂고
꿈자리에 숨어도 매일 끌려가는데
우리의 무기는 핸드메이드

페이퍼에 혼잣말을 말아 피우는 저녁

사는 게 장난 아닌데 끊을 수 있나
몸값 대신 오르는 건 혈압뿐이구나

위층의 아이들은 어둠을 모르고
군악대처럼 삑삑거리는 리코더 소리
이놈의 쥐새끼들 같으니!

막대기로 두드려봤자 천장이 문도 아닌데
입구가 없으면 출구도 없을 텐데

욕실로 들어간 엄마가 머리를 자르며 말했다

애들이 깨지 않게 조심해요
애들은 귀가 밝으니까
기억한 건 잊지도 않으니까

창가로 나온 아빠가 꽃가지를 자르며 말했다

애들이 비뚤지 않게 손봐야겠어
애들은 눈치가 빠르니까
못된 건 잘만 따라 하니까

우리는 금세 어른이 되었고
나쁜 기억을 끊었는데 불행한 기분이 든다
그건 좋은 기억도 함께 잘려나갔기 때문이야
실수로 베인 곳이 쓰라렸지만

우리는 문득 표정을 잊었고
피가 묻은 귀를 가볍게 닦으며
어떤 밤엔 병적으로 철이 들었다

집zip
—반복 구간

불빛도 벗고 누웠는데 어둠의 빛이 깨어났다
오래된 음반처럼 빗소리가 지지직거리며 창유리를 긁었다

누군가 점점 크게 달려오고
발소리는 하나였다가 둘이었다가 갑자기 멈추더니

문 좀 열어주세요 문 좀 열어줘요
소녀와 노파의 목소리가 메아리처럼 들려왔다

나도 모르게 나는 옷장 안으로 숨었다
없는 사람처럼 숨어 있으니 무서워졌다

누군가 점점 깊이 다가오고
문을 열어둔 기억이 없는데 닫은 기억도 없었다

그녀들이 옷장을 열며 귓가에서 속삭였다
아무도 없나 봐요 아무도 없구나

나는 손에 잡히는 대로 옷을 주워 입었다
윤곽이 드러나자 숨어 있을 용기가 없어졌다

옷장을 나왔을 뿐인데 깊고 따뜻한 아기집 속으로 들어가고 있었다
여긴 누구의 몸속일까

빨간색 소녀가 커다란 물주머니처럼 서 있었다
산발한 노파가 바닥에서 받쳐주었다
핏물이 펑펑 쏟아지자 소녀는 껍데기만 남았다

옷장에 숨었던 이유가 무서움이었는지 부끄러움이었는지
아니면 숨바꼭질 같은 것이었는지 기억나지 않았다

나도 모르게 나는 눈을 잠깐 감았다가
소녀를 접어 옷장에 넣었다
소녀가 죽으려고 온 것인지 나를 만나 죽은 것인지 알 수 없었다

문을 닫고 문을 닫고 문을 닫았다
노파가 문 밑으로 따라 나오자 지붕이 어둠을 흙처럼
끌어 덮었다

밖에는 범죄 영화처럼 비가 지지직거리며 내렸다
몸에 붙은 피냄새가 스멀거렸다
지난달에도 지지난달에도 보았던 장면 같았다

골목은 텅 비어 있어서 빈틈이 없는 것처럼 보였다
나는 노파를 등에 업고 다음 골목으로 달려갔다

보통의 평화

두 사람이 등장하는 골목이다—행인1이 힐끗 돌아보며 빠르게 걷는 골목이다—행인2가 점점 더 느려지는 골목이다—손잡았던 일행이 줄을 서는 골목이다—취객이 선박처럼 뚫고 가는 골목이다—바나나 껍질이 밑창에 붙어 밀항을 하는 골목이다—그림자들이 벽에서 만나 가까워지는 골목이다—오는 그림자와 가는 그림자가 키스를 하고 뺑소니치는 골목이다—아기를 업은 여인이 달려가는 골목이다—노파를 업은 소녀가 달려가는 골목이다—잠복하던 러닝타임이 함께 달리는 골목이다—주인공 대신 모퉁이가 구르고 구르다 허리가 휘어진 골목이다—발목이 부러진 내리막길이 치료 중인 골목이다—빙판길이 보안등 아래서 몸을 녹이는 골목이다—이름 없는 샛골목들이 꽃 피는 시절을 기다리는 골목이다—카메라가 와이어에 매달려 찍고 있는 골목이다—복면을 쓴 꿈들이 담장을 몰래 넘어가는 골목이다—검은 시체 봉지가 가득 수거차에 실려 가는 골목이다—옆 동네에서 분리수거된 장면들이 옮겨져 새벽부터 설치되는 골목이다—플라스틱 소품처럼 해가 꺼지지 않는 골목이다—가늘고 긴 골목이다—저예산의 골목이다—미개봉되는 골목이다

두족류

비누를 문지르다가 잠이 들면서 생각해
비누는 손아귀에 꼭 맞는 크기구나
갈래갈래 열 손가락이 팔처럼 길어진다면

비누 거품이 골목까지 차오른다면 사람들은 모여들겠지
넘치면 곤란해요! 거품을 걷어내려고 한목소리가 되어 밤을 새울 거야
걱정 말아요 잘만 찌르면 여기저기 물도 터져요
물렁한 벽을 귀띔하며 나도 밤을 새울 거야
새로 산 잠옷도 자랑하고 싶어요

틀어막힌 입과 귀
울컥울컥 손에 밴 먹물을 토할 수 있다면

이어폰을 빼고 음악을 폭포수처럼 틀고
함께 팔다리를 허우적거리면 좋은 이웃이 될까
새벽종이 울리고 새아침이 밝고 새마을의 일꾼이 되어
밤의 한복판에 터널을 뚫고
이야기를 뚝딱 건설하면

우리는 뚫어뻥처럼 입을 맞출 수 있을까
마을에서 가장 뚱뚱한 책고기를 삶아 둘러앉으면
하품도 트림도 할 수 없는
게걸스러운 고요 속에서

두 손을 모으고
물컹물컹 머리통을 문지를 수 있다면

네 곁에 앉고 싶다
물의 꼭지를 살살 돌리며 종일 젖을 수 있다
손을 씻다가 속을 씻다가
손깍지를 끼고 창밖을 보다가
겨울이 오면 입양을 하고 싶어요 네발로 나가
여덟 개의 발로 돌아오고 싶어요 꼬리 대신 추위를 거리에 매어두고
입술은 껌처럼 뱉어놓고
전두엽을 맞비비면 눈물 한 방울에도 녹는 말의 거품들
네가 닿지 않으면 나는 닳지 않는다
비누의 모든 밤

맛있는 인생

나는 말장난을 하려는 게 아니에요. 내가 하려는 말은 이미 어른들이 다 했으니까요. 추억의 물감을 골라도 식은 그림만 남아요. *피를 좀 섞어보렴.* 미술 선생은 친절해요. 치약이 빨갛다면 뒷맛도 다를까. 하지만 잠을 자려면 입을 헹궈야 하고 자다가도 벌떡 일어나지만

나는 걸작을

꿈꾸는 게 아니에요. 밤새 공들인 그림들은 길고양이 집이 됐으니까요. 장려상을 받은 건 아버지의 붓으로 언니의 피를 썼기 때문이죠. *물을 좀 섞는다면 훌륭한 그림이 되겠구나.* 하지만 수돗물이 끊긴 날에도 그림을 끊을 순 없어요. *눈물을 섞는다면 훌륭한 어른이 되겠구나.* 하지만 울음을 참으려고 헬륨가스를 마시듯이

나는 연기를 하려는 게 아니에요. 그런 건 꼬맹이들도 눈치채니까요. 나는 웃음이 멈추질 않아서 책상 밑으로 들어가요. 노란 분필이 벌처럼 날아와요. *소리를 지르란 말이다. 열창을 하라고!* 아름다운 합창을 망칠까 봐 입만 벌리는데 음악 선생은 빵점을 줘요. 그런데 뭐랄까, 빵점 빵점 발음을 하면 빵가게의 다른 말 같아서 입이 빵빵하

게 부풀어 오르고

　　　　　　　　　　나는 반전을 노리는 게 아니에요. 우리들의 흐름은 손바닥처럼 뒤집히니까요. *지금 만든 노래야.* 책상 위로 손을 뻗어 쪽지를 돌리려는데 아이들은 시청각실에 모여 있어요. *여기서 뭐 하니?* 담임선생의 따끈한 회초리가 가래떡같이 종아리에 착 달라붙어요. 복도에서 벌을 서다 커터 칼을 몰래 줍지만

　　　　　　　　　　　　　　　　　　나는 막장을 쓰려는 게 아니에요. 그런 건 드라마가 다 써먹었으니까요. 칼부림 장난이 시시해진 녀석들이 세월을 타고 유유히 저녁의 둥지로 돌아가요. 어두워지는 폐교에는 떠나지 못한 아이들만 남아 있어요. 옥상에서 별을 보던 아이들은 아주 멀리 국경을 넘어갔는데

나는 유령이 되려는 게 아니에요. 죽음은 어차피 산 자들의 취미가 됐으니까요. 나는 날아가는 새를 그리고 싶지만 날아간 새를 그리고 있어요. 접혀 있는 시간을 부챗살처럼 펴고 싶지만 꼬았던 다리만 꽈배기처럼 풀어요. 발 뻗고 자려고 주위를 돌아봐요. 부끄러운 가슴 위에 손

을 모으지만

나는 기도를 하려는 게 아니에요. 한 조각의 영혼을 나누고 싶지만 육신을 포장 리본처럼 풀 수는 없으니까요. 양손엔 사탕과 비누를 들고 있어요. 욕실에 처박힌 누더기 인형처럼 들키고 싶어요. 오래 묵힌 마음에서 냄새가 나요. 빨아주세요. 빨아주세요. 이런 말을 해보는 게 소원이에요.

옥탑방의 자매들

해는 하루 두 번 피를 토하고
거울 속의 자매는 무엇으로 입을 헹구나

빛과 소금
성가대에 낀다면 잇몸이 하얗게 깔맞춤되는 일요일

엄마는 신여성처럼 꽃양산을 펴 들고 나를 깨웠지
눈을 떠보렴
바이블과 짝이 되어 실려 갔던
엄마의 백 속에서

자매님, 내게도 그렇게 불러주기를
아가야, 그런 거 말고

늙지 않는 아기를 예배당 뒤뜰에 묻고 줄행랑친 열두 살
텅 빈 백을 들여다보던 엄마는 보석이라도 도둑맞은 듯
질긴 기도문으로 나를 수배했다

식탁을 맴돌며 귀를 막던 공복의 아침

내가 갖고 싶은 건 언니가 아니라

언니의 귀머거리 인형

해는 하루 두 번 피를 토하고

욕조 속의 자매는 어떻게 소녀 때를 벗을까

관찰과 학습

언니를 외운다면 까무러칠 일이 없을 텐데

엄마는 코피 한 방울 흘리지 않고

오빠들만 줄줄이 콧수염이나 겨루는 화장실에서

나 혼자 마주 앉아

피범벅 된 허벅지 사이로 지켜보던 소녀의 임종

여자중학교 화장실에는 혈흔이 쌓여 있고

그건 자매의 흔적인데

나도 제법 피를 흘렸으니

언니야, 누군가 그렇게 불러주기를

선배님, 그런 거 말고

쓰라린 벽에 붙어 등을 긁어대던 오후
내가 갖고 싶은 건 언니가 아니라
언니의 핏물 든 손톱

해는 하루 두 번 피를 토하고
교복 속의 자매는 속옷 색깔을 어떻게 들추나

비밀과 귓속말
언니에 대한 학구열이 가득 차서 결석도 안 하던 시절

교실이 바뀔 때마다 말문을 여는
국어 선생의 연애담은 몇 년을 우려낸 것일까
진지하게 물드는 홍차색 뺨에 대고 나도 모르게 속삭였지
언니, 정말 귀엽다
그녀는 진짜 언니처럼 다가오더니 내 머리를 쥐어박았다

오빠라고 부른 것도 아닌데 비문非文인 걸까

학교를 탈영한 오빠들은 백발에 갇힐 때까지
녹이 슨 청춘의 총구를 치켜들고 다녔다
숲속의 언니들이 땅끝에서 피를 흘렸다
아름다운 수족관이 없어서
바다로 흘러가는 핏덩어리들

물고기를 가득 기르고 싶은 저녁
내가 갖고 싶은 건 언니가 아니라
언니의 분홍 젖꼭지

해는 꼭 하루 두 번 피를 토하고
어둠 속의 자매는 어떤 체위로 잠이 들까

모래시계와 물구나무
바닥을 향해 시간을 쏟는 천사와 같이

물기 많은 고백을 얇게 썰어 메마른 부위에 얹으면 오

이 냄새가 난다
그건 자매의 입술인데

새똥 같은 콧수염이 간지러운 소년들과
주름살에 때가 낀 노인들
맨얼굴 위에 오이 조각을 덮어주며 까르르까르르
잠을 재우는 잿더미처럼

불빛에 타오르던 창문들이 뼈만 남기고 꺼져가는 새벽
내가 갖고 싶은 건 언니가 아니라
언니의 축축한 입맞춤

날개 달린 잠옷을 입고
자매들이 눈을 감고 요가를 한다 몸을 뗐다 붙였다
달빛의 면도날이 가르마를 탄다
두 개의 꿈으로 갈라질 때까지

2zip
꽃무늬 돗자리에 앉아 있었다

밤과 꿈

몸통에서 목이 쑥 빠져나온 것 같다
얼굴은 육체의 덤인 것 같다 혹인 것 같다 부록인 것 같다
어떤 부록은 본문보다 길고

어깨에서 팔이 쑥 빠져나오고
손목에서 손가락들이 새털처럼 찢어지고
가늘게 떨면서

어둠을 털면서
온몸을 기울여 총채를 들고 있다
팔 하나가 인생보다 길고

긴 팔이 짧은 팔을 끌면서 하루를 빠져나가는
밤 열두 시의 시곗바늘이다

성실한 노동이 연약한 허기를 안고 떠도는
한 쌍의 모녀다
어린 내가 울면 일하던 내가 달려가 흰밥을 짓는다

끊을 수 없는 연대다

옆구리를 찌르며 지나가는 입을 털고
두 귀에 묻으면
한 사람의 비밀은 독재자의 나라보다 길고

아름다운 트로피를 몰래 닦다가 깨뜨린 하녀처럼
어둠의 구석구석 무릎을 꿇을게
네 방을 보여줄래?

반짝반짝 부서진 너를 훔칠 수 있다면
종이비행기처럼 접을 수 있다면
텅 빈 에이프런은 지구보다 길고

바람의 항아리가 깨져서 새들은 흩날리고
검은 하늘에 박힌 것들은 내 눈이 닿기 전에 깨져버린
우주의 파편인데

거기서도 누군가 총채를 들고 있는 것 같다

깊숙이 과거를 털다가
손이 닿지 않아서
손톱을 길렀다 번개처럼

허공을 할퀴며 지나가는 마음을 털었다
차갑고 축축한 모퉁이에 서서
밤의 키스는 죽음보다 길고

피크닉

꽃들이 지천인데 꽃무늬 돗자리에 앉아 있었다
꽃줄기가 기어올라 꽃무늬 돗자리 네 귀퉁이를 움켜쥐었다
펼쳐진 색채 속으로 사람들이 들어왔다
색안경을 꺼내 쓰고 꽃무늬 돗자리에 앉았다
봄 이야기를 하려는데 목소리가 부르텄다
왁자한 빗소리가 사이렌처럼 퍼졌다
사람들이 일어나 집으로 돌아갔다
빈자리가 지천인데 꽃무늬 돗자리에 앉아 있었다
발을 빼지 않았다
더 깊이 땅속으로 다리를 뻗었다
소낙비가 후드득 꽃피를 쏟고 지나갔다
손가락을 모으고 꽃무늬 돗자리 네 귀퉁이를 날랐다
발은 빼지 않았다
더 멀리 땅속으로 다리를 뻗었다
뒤척이던 검은 봉지들이 까마귀처럼 날았다
바람이 멈추자 하나둘 봉지 속에서 얼굴들이 흘러나왔다
꿈 이야기를 하려는데 목소리가 갈라졌다

땅속에 손을 넣어 이야기의 처음을 더듬었다
사방으로 쭉쭉 늘어난 발가락들을 뿌리처럼 다듬었다
나비들이 스칠 때면
딸려 나오는 발가락들이 흙을 툭 툭 터뜨리는 자리마다
내 몸이 지천인데 꽃무늬 돗자리에 앉아 있었다
펼쳐진 이야기 속으로 사람들이 들어왔다
신발도 벗지 않고 가장자리에 앉았다
내 몸에서 꽃잎이 떨어지는데
우리는 꽃무늬 돗자리에 앉아 있었다

민달팽이가 새벽의 끝까지 점액을 바르듯이

이마와 발가락은 서로 떨어질 수 없어서
가장 멀리 떨어져 있다
다른 곳을 향하여

정수리에 불이 나고 양말에 물이 찬다면
두 팔은 위로 아래로

사랑은 위로 아래로
영혼의 식기를 건지듯이

주인 없는 밤입니다
거미줄이 철삿줄처럼 드리워진 시간 속에 누워

검은 천장 너머로 지나가는 차바퀴들을 유성우처럼 바라보면서

두 사람은 서로 붙어 있지 않아서
가장 가까이 엉켜 있다
깊은 곳을 향하여

움푹 꺼진 싱크홀은 누구의 가슴일까
손을 잡고 들어갔다

영원히 나오지 않는 연인들이 있었고

방 하나가 발파된 후
소금처럼 뿌려지는 눈을 맞으며

한 사람이 꿈속을 기어 나왔다

칼의 감정

칼이 도마를 똑똑 두드릴 때 그것은 노크와 같고

삐걱거리던 입이 열리고
입안의 침은 폭포수 같습니다

당신 옆에 앉아 양파를 깔까요 삐죽삐죽 눈물을 흘릴까요
도마 위엔 혀뿌리를 다듬어 내려놓고서
가지런히 이야기를 썰까요 아니면 잘게 다질까요

가슴 깊숙이 비린 기억을 낚아 올리고
회를 쳐도 펄펄 뛰는 혀 한 접시를 천천히 나눌까요
아무리 질겨도 씹고 나면 꿀꺽 사라지는 밤

다시 초를 켤까요 1초, 2초, 3초……

하얗게 타오를 때까지
혀를 빼문 채 잠들고 나면
우리는 공복을 모아 첫 끼니처럼 시작합니다

노련한 칼은 눈 감고도 도마를 찾아갈까요
어둠 속에서 해감을 토해내는 조개처럼 눈을 뜰까요
당번처럼 칼이 주어지고

칼이 허공을 휘두를 때 그것은 알 수 없는 눈빛과 같고

어떤 칼은 야릇한 실눈을 뜨고
어떤 칼은 야구 모자를 눌러쓰고 돌아다닙니다

칼날에 밴 빨간 물은 달콤한 디저트의 성분입니까
뼛속까지 끝을 본 흔적입니까

새로운 국면이 칼끝에 달려 있습니다 까마득한 곳에서
서서히 윤곽을 드러내면서
칼이 말갈기처럼 뛰기 시작합니다

서슬 푸른 새벽이 창틈을 쑤시고
주방과 암실은 붙어 있습니다

벽의 양면입니다

다시 초를 켤까요 1초, 2초, 3초……

얇게 떨리는 시간 속에 칼자루와 칼날이 붙어 있습니다
바통처럼 칼이 주어지고

어떤 칼은 밀어를 숨기고
어떤 칼은 과거를 숨기고

바다를 건너 이웃이 이사를 왔습니다
낯선 이름을 내 귀에 꽂으며 칼이 푸른 눈빛을 보냅니다
눈을 뗄 수 없습니다 칼이 웃으며 다가옵니다

러시아 인형
— 인간극장

그녀는 웃을 때 허리를 살짝 비튼다
몸에서 물기가 쪽 빠지도록

탈탈 털어 빨랫줄에 널어놓은
팔랑대는 기저귀같이
지저귀는 파랑새같이

나의 머리맡에서 혼잣말을 늘어놓으며
무너지는 가슴을 와락 쏟을 때에도

그녀는 뜬 눈을 부릅뜨면서 허리를 살짝 비튼다
옆구리가 툭 터지도록
그러면 낯선 나무 냄새가 난다

뿌리를 두고 와서 이국의 소풍은 무서운 걸까
나는 그녀의 표정을 살펴보며
식물원도 가고 영화관에도 함께 간다

그녀의 속을 끝까지 열고 싶지만

허리를 자르는 연쇄 살인마처럼 손이 떨리는데

머릿수건에서 삐져나온
자라지 않는 머리카락이 반질반질
닳고 더러워지는 것으로 생활을 증명하듯이

굳어버린 몸속 겹겹이
아직 벗기지 않은 인생을 껴입고

고향에선 흔한 이름이라는
마트료나는 어떻게 여기까지 떠내려왔을까
곤히 잠든 태아처럼 바다를 타고

생의 바닥까지 들어간 잠수부가 그녀를 건져냈다
그녀는 잠수부의 신부가 되었다

양파 같은 소녀도 낳았다
허리가 끊어지도록

그런데 왜 울지를 않죠?

울음소리조차 이국의 발음은 어려운 걸까
간호사들이 소녀의 침묵을 걱정하며
뽀얀 엉덩이를 목탁처럼 두드렸다

* 러시아의 전통 목각 인형 '마트료시카'는 '어머니'라는 뜻이 담긴 여자 이름 '마트료나'에서 유래된 애칭이라고 한다.

라나와 릴리
—인간극장

내 존재 자체로서 새로운 세계의 존재 가능성을 증명하려 한다.
—릴리 워쇼스키

래리와 앤디가
그들의 세계에서 태어났을 때

아무도 돌아보지 않았을 때

희고 검은 소년들이 키를 맞추고
음계의 서열을 익혔을 때

흑건과 백건 사이
백발의 사부가 지휘봉을 겨누었을 때
무지개처럼 숨어 있는 뉘앙스에 대하여

아무도 귀를 열지 않았을 때

먹구름을 타고 사냥철이 몰려오고
집과 집 사이사이로

빗발치는 천둥소리가 마을을 친친 감았을 때

나무 위에서 낮잠을 자던 고양이들이
툭 떨어진 털옷을 주워 입고
길 없는 길을 떠나갈 때

아무도 묻지 않았을 때

벽들 사이에 이름을 짓고
래리가 라나로 돌아왔을 때

몸속에 집을 짓고
앤디가 릴리로 돌아왔을 때

아무도 웃지 않았을 때

소년과 소녀가
크고 헐렁한 남자와 여자로 갈아입고
꿈속에 누워 살을 찌우는 동안

지붕과 달빛 사이
국경의 사내들이 총구를 겨누었을 때
우주복처럼 지나가는 실루엣에 대하여

아무도 눈을 열지 않았을 때

벽을 갈아타며 첫발을 옮기던 고양이들이
흘러내리는 꼬리를 추스르며
끝없는 끝을 건너갈 때

밤의 윤전기가 제자리에 멈추고
낱장으로 떨어져 나온
우리가 거리의 좌우로 배달되는 사이

아무도 돌아보지 않았을 때

라나와 릴리가
그녀들의 세계로 넘어갔을 때

* 〈매트릭스The Matrix〉 시리즈로 유명한 영화감독 워쇼스키 형제는 어느 날 남매가 되었다가 자매가 되었다. "하지만 나는 일생을 전환 중이었고, 앞으로도 0과 1 사이의 무한대 같은, 남성과 여성 사이 무한대에서 전환을 진행 중일 것이다." 이건 릴리의 말(「Windy City Times」에서).

낭독증

한 사람의 악사가 사라졌네
낡은 기타는 빈집에 갇혔지만
흘러나온 음표들은 덩굴손처럼 외벽을 뒤덮고
가수인 나는 입을 벌리고

한 사람의 시인이 사라졌네
몇 권의 고독이 비 오는 뒷골목에 꽂혔네
우기의 사람들이 손에 쥐고 다니다가 볕이 드는 버스에 두고 내렸네
어디선가 주운 영혼을 우산처럼 뒤집어쓰고
독자인 나는 입을 벌리고

한 사람의 당신이 사라졌네
그가 앉았던 의자는 거울 속에 발이 빠졌네
눈이 내리는 거울 속엔 빈 의자가 세 개나 있는데
녹아버린 눈사람을 봄의 입김이 증언하듯
애인들인 나는 입을 후후 벌리고

밤하늘도 활화산처럼 입을 벌리고

뒷걸음치는 나무들과 하얗게 달아나는 길들을 집어삼키며
붉은 혀를 늘어뜨리고

한 사람의 신이 사라졌네
해변의 분향소에서
죽음에게 입양된 아기들의 머리말에서
자가 격리 중인 녹색 별에서
기도하는 화석이 되어
서로의 신도인 우리는 입을 벌리고

한 사람의 내가 사라졌네
어느 날 지하에서 파낸 해골을 공개하자
박수 소리가 터지고
사람들 속에 파묻혀 웃으며 사진을 찍었네
더러는 기억 밖으로 나가버리고
밀고자인 우리는 영원히 입을 벌리고

빨간 마스크
— 인간극장

아름다운 입은 어떻게 만들어지나
한 알씩 터뜨리는 발향과 같이
알알이 이빨을 드러내며 빨갛게 벌어지는 석류피와 같이
윗입술과 아랫입술을 황금분할로 찢을 수 있다면

손끝으로 턱수염을 문지르며 무뎌진 구둣발로 시간을 옮기지만
오빠는 정말 무섭지 않아요?
겁을 먹는 아이들을 달래주고 싶어요 놀이동산에 가고 싶어요
소름 끼치는 괴담 속에서

날뛰던 밤의 악동들이 납치되고 사람들은 말하죠
그애는 누구보다 착했어요 인사도 잘했어요
그러다 문득 거울을 보며, 누구시더라?
치매에 걸려서 거미줄에 걸린 것도 아닌데 조용히 죽음을 기다리죠
치매가 무서운 건 무서움을 모르기 때문이고

오빠도 그렇죠? 오빠는 나보다 어린데
우산도 없이 빗속에서 동심에 젖었잖아요 얼굴 위로 흐르는 걸
빗물이라고 우겼잖아요 교실에서 쫓겨난 왕따처럼 불현듯
사물함에 두고 온 것들을 떠올렸잖아요
내일이면 사물함 속의 비밀이 몇 개 더 생각날 텐데
늘어나는 독백의 주름살 속에서

듣지도 않을 거면서 사람들은 물어요
마스크 속엔 무얼 감췄니
콧물을 왈칵 쏟는다면 실망할까요? 쉰 목소리가 터져 나오면 당황할까요?
입을 틀어막고 코를 틀어막고
그러고도 말라빠진 뿌리처럼 인생은 남아서

형광등이 꺼지고 창유리가 깨지고
흔들리는 집을 뛰쳐나와 노인들은 운동장에 모여 있어요

해가 져도 아무도 데리러 오지 않아요
그렇게 늙어갈 텐데
그렇게 잠이 들 텐데
아무도 데리러 오지 않는 이야기 속에서

무얼 더 감추겠어요
마스크가 우스워요? 빨간색이 무서워요?
차라리 꽃무늬 마스크를 쓸까요 아니면 벗을까요 실오라기 하나 없이
이러면 예뻐요?
포마드는 싫어요 냄새나는 어른들 속으로 오빠도 숨었잖아요
숨바꼭질이 좋아서 나도 달리기 선수가 되었는데

오늘은 아이들 뒤에 숨어 안경알을 닦지만
오빠는 정말 기억나지 않아요?
백 년째 책만 읽는 소녀가 교정에 있어요 학교에 가고 싶어요
창백한 챙모자를 벗기고 싶어요 굳어버린 다음 페이지

라도 넘겨주고 싶어요
　살을 깎는 세월과 논란 속에서

　소녀는 브래지어가 없어요 가슴이 없어요 뼈다귀만 남았어요 골자만 남았어요 살을 붙이고 싶어요 대화를 하고 싶어요

　어둠보다 먼저 어둠 속에 누워 어둠도 몰라보는 까막눈이 되었지만
　오빠는 정말 외롭지 않아요?
　옛날엔 날 갖고 놀았잖아요 죽여줬잖아요
　걱정 말아요 밤은 길어요 천천히 눈 감아요 무를 수 없는 기억의 파본
　끝 장까지 읽어줄게요 이불처럼 펴서 덮어줄게요

아름다운 이야기는 어떻게 끝나는 걸까
잘게 다진 살코기와 같이
비린 혀를 품고서 말랑게 끓어오르는 만두피와 같이
윗입술과 아랫입술을 감쪽같이 삼킬 수 있다면

마스크

의사를 보러 갔다. 나를 깊이 들여다보시는 의사의 눈을 보러 갔다. 육안으로는 보이지 않는 속까지 꿰뚫어 보시는 의사의 안경을 보러 갔다. 옆구리를 쿡쿡 찌르며 집안 내력까지 탈탈 털어주시는 의사의 귀를 보러 갔다. 끝내는 액체처럼 흘러나오는 내 몸의 소리를 경청하시는 의사의 청진기를 보러 갔다.

어떻게 혼자서 참으셨어요? 그거 좀 걷어보실래요?
아니요, 벗지 않고도 합니다.

손가락을 들고 있었다. 무뎌진 부위별로 진료과를 골랐다. 새로운 병명이 붙으면 새로운 산책로가 생겼다. 꽃이 피면 밤이 길었다. 어둠 속에 발이 푹푹 빠졌다. 안경을 쓰고 꿈을 꾸었다. 청진기를 꽂고 낭독회에 갔다. 손가락을 떨고 있었다. 예약일이 다가오면 죽을병에 걸린 것처럼,

밤마다 잠은 왜 못 잡니까? 여기 좀 누워보실래요?
아니요, 서서 할 줄도 압니다.

의사를 보러 갔다. 내장까지 깨끗이 목욕하고 갔다. 모아둔 열기를 지참하고 갔다. 손목에 밑줄을 죽죽 그으면서 갔다. 하얗게 눈 내리고 지팡이를 깎아 더듬으면서 갔다. 희미하게 문이 열리면 아무도 없는 주사실로 불려 갔다. 한 칸 두 칸 허리띠를 풀었다. 엉덩이를 한 장 내밀었다. 섬광처럼 바늘이 꽂히면 사랑에 빠졌다. 간호사에게 고백하지는 않았다. 다음에 또 오려고.

시간 속의 산책

어둠 속에서 그녀가 나를 깨웠다. 다리를 다친 노랑이가 사라졌다며 전화기 속에서 떨고 있었다. 라라는 꼭 돌아올 거라고 그녀에게 말해주었다. 부러진 다리를 끌고서라도 가장 따뜻했던 자리로 돌아올 거야.

아무도 없는 겨울 새벽길을 나가보았다. 그녀의 집 앞을 지나는데 라라가 정말 와 있었다. 상자 안에 방석을 한 장 깔아주었다. 뒤척거리고 있을 그녀에게는 문자로 알렸다. 어쩌면 이제 막 잠들었을지 모른다.

집으로 돌아오는데 새끼 고양이 한 마리가 쓰레기봉투를 뒤지고 있다. 우린 세번째 만남이지만 먹이를 꺼내는 사이 아이는 달아났다. 내가 사라져야 배를 채울 것이다. 모퉁이에 숨어 기다렸지만 돌아오지 않았다. 텅 빈 젖이 달처럼 차올랐다. 젖꼭지에서 달빛이 뚝뚝 흘렀다.

젖은 몸을 끌고서 라라에게로 다시 갔다. 비어 있는 상자 안에 죽은 애인이 돌아와 있다. 여기저기 해진 몸에서 바람이 불었다. 큰 소리로 울지 않아도 상처는 눈에 띄는데 울긴 왜 우니. 방석 위에 음악을 한 장 깔아주었다. 다시는 떠돌지 않게 얼어붙은 밥을 갈아주면서 그녀를 기다렸다.

이제야 잠에서 깼다고 응답이 왔다. 밤바다를 보러 왔다며 너무 멀리 있다고도 했다. 내 손엔 전화기가 없는데 귓가엔 그녀의 숨소리까지 들렸다. 천천히 잠이 왔다.

그녀와 나는 마주친 적이 없다. 내가 잠들어야 그녀가 돌아올 것이다. 돌아와 나의 옷을 입고 나의 일기를 쓸 것이다. 라라는 어디 갔을까. 조금씩 굳어지는 다리를 끌고 따뜻한 상자 안으로 들어갔다. 여긴 어느 날의 꿈속일까.

작고 연약하고 틀리는 마음

언제가 이름도 없는 공원에 앉아
서로의 숨소리를 듣고 있었지
그때 우린 말이 없었지만
귀를 모으며 부자가 되었고

사랑니로 만든 목걸이를 차고
연인들은 철새처럼 흘러갔다

새 이빨을 다오
젖니가 빠지면 지붕 위로 던졌다는데
옛날이야기는 왜 슬픈 걸까

아기들이 울지 않아도 봄은 올 텐데
하얗게 눈 쌓인 지붕을 머리에 이고 무너질 것처럼

떠나지 못한 집들만 남아서
밤마다 하나씩 담이 헐리는 소리를 듣는다
낡은 이빨이 하나씩 떠나가듯

언젠가 간판도 없는 주점에 앉아
텅 빈 입으로 질긴 이야기를 씹어대겠지
누군가는 몸조차 가눌 수 없겠지만

더 토하고 싶습니까
등 뒤에는 주먹을 쥐고 다그치는 사람들

그건 끝이라는 뜻인데
단 한 발짝 떼지 않고도 떠나는 날이 오겠지
얼어붙은 두 발 사이로
쌓여 있던 마음만 눈사태처럼 쏟아지겠지

끊어진 말들은 어디서 어긋났을까
입을 맞추고 싶지만
맞춤법을 잊었고

옛날이야기는 왜 자꾸 슬픈 걸까
여름 철새들은 다시 하늘을 뒤덮고

Sound Cloud

너는 남았고 나도 남았는데 우리 사이엔 무엇이 빠진 걸까. 너를 사랑해. 당신은 말합니다. 나도 사랑해. 나는 말합니다. 누구를? 목적어를 빼면 왜 슬픈 농담이 돌아올까. 하늘에서 구름이 빠지듯

흐름을 놓치면 아웃사이더가 되고 대답을 잃으면 루저가 되고 마음을 숨기면 스파이가 되었다. 말을 빼돌리다가 의도를 빼돌리다가 나를 빼돌렸다. 뒷골목을 떠돌면서

멍때리고 있다가 시인이 되었다. 스파이가 스파이를 사랑하면 쌤쌤same same인데 믿음은 깨져버린다. 침 대신 뱉으라고 욕이 생겼다. 나쁜 놈. 주어 없이도 욕은 통한다. 주어 없는 축복은 왜 헷갈릴까. 행복했으면 좋겠어. 누가? 그게 누구든 상관없는데

우리는 교집합일 때만 웃었다. 옆집의 개 이름은 행복인데 어느 날 가출을 했다. 옆집은 행복의 공집합이 되었다. 개를 찾아주세요! 한밤의 소녀는 비처럼 울고 있어서

나는 레인코트를 입고 시를 쓴다. 종이가 젖으면 안 되니까. 울면서 쓰는 시는 찢어지니까

우리는 모두 서로의 베이비

기르던 행복처럼 짖기만 하다가 가출도 안 통해서 그와는 절필했다. 한국어로 시를 쓰면 한국어의 감정만 생겨나고 당신과 내가 국제결혼을 한다면

양다리를 걸치는 기분일까. 분노도 속삭임도 2개 국어로 늘어날까. 0개 국어를 하는 기리보이는 랩rap만 잘한다. 개들의 모국어만 쓰는 그의 돌돌이는 팬미팅도 한다. 바디랭귀지로도 모자란 연인들 때문에

비문非文이 생겼다. 아무 말이나 시적 허용이 되니까. 앞뒤 말이 안 맞을수록 애가 타니까. 옹알이를 하면 무슨 말이야? 바싹 다가오니까. 발음이 뭉개질수록 딱풀처럼 딱 붙으니까. 전쟁 통엔 암호를 짓고 전우애로 엮이면

죽음도 갈라놓을 수 없으니까. 사랑하다가 잠들다. 죽어서도 비문을 남긴다. 마치 깨울 수 있다는 듯이. 삶과 죽음이 동시통역된다는 듯이. 온라인과 오프라인이 2개 국어인 지구에서

우리는 모두 서로의 베이비

아기를 기르는 대신 다양성을 길렀다. 밤과 낮이 겸상을 하고 새와 고양이가 동침을 했다. 나란히 누운 우리는 잠이 오지를 않아서

"라면 먹을래요?" 당신은 두 손 높이 선반을 뒤지며 신神라면을 찾는다. 나는 쫄깃쫄깃 루피Loopy라면. 끊을 수 없는 디보Dbo라면. 음악을 면발처럼 씹으며 어둠을 후루룩 마신다. 겨울엔 모락모락 김 사월Kim Sawol이라면. 눈보다 하얀 소금Sogumm이라면. 이 밤도 하야케Hayake 지우Jiwoo라면.

라면만 먹다가 봄날은 간다. 식탁 위엔 꽃처럼 파가 우거진다. 지하에서도 원룸에서도 대파 쪽파 양파를 기르고 좌파 우파가 자란다. 어떤 날엔 유리병 속에 나를 심어놓고 조금씩 잘라 먹기도 하는데

좀 웃기지 않습니까. '다양성 영화'라는 것이 있다. 다양성과 영화가 따로국밥이라는 듯이. 다양성이 저예산 영화의 밑천이라는 듯이. '다양성 문학'은 없다. 문학은 어차피 저예산이다. 저예산 인생을 끊임없이 실험하면서

소수를 향해 끊임없이 말을 걸면서 눈과 귀를 모으고

아무리 입을 모아 떼창을 해도 우리의 소원이 모두의 소원은 아니지만

우리는 모두 서로의 베이비

통일이 된다면 북한 아이들도 아이돌이 될까. 칼군무를 맞추면서 자유로워질까. 아이들은 점점 줄어도 아이돌은 쑥쑥 자라나 야근을 한다. 동분서주 뛰어다니며 한국말도 수출한다. 층간 소음에 예민한 사람이 혀를 끌끌 찼다. 아이돌을 찰 수는 없으니까.

타인의 삶을 공처럼 차다가 끌려간 사람이 있다. 경찰서에는 때린 사람과 맞은 사람이 있다. 장난을 친 사람과 죽은 사람이 있다. 눈치 없이 끼어든 사람이 있다. 지갑을 잃어버렸어요! 흘린 사람이 있고 흘려듣는 사람이 있다.

밖에는 흘러가는 사람들이 있다. 경찰서에서 쓰는 건 시가 아니다. 우리는 밖에서 흘러가면서 쓴다. 밖에는 장난을 치는 문장과 죽이는 문장이 있다. 킬링파트killing part가 있다.

억울합니다. 주변을 기웃거리다가 끌려간 문장이 말했

다. 옆집 소녀가 뛰어들어왔다. 개를 찾아주세요! 흘려듣던 사람이 말했다. 아이돌이다! 선생님이 말했다. 아이돌은 집합이다. 남학생이 말했다. 그러면 걸그룹은 여집합입니까. 여집합이 말했다. 위아더월드입니다. 오늘날의 문제가 말했다. 엑스x를 구하시오. 지나가는 마음조차 구할 수 없는데

우리는 모두 서로의 베이비

밤새 속삭여도 시를 풀지 못해서 나의 보스는 엑스를 쳤다. 백지 답안지처럼 비어 있는 아침이 쌓이는 것이다. 검은 정장을 차려입어도 번번이 면접에서 떨어져 엑스맨이 되었는데

엑스맨이 되어서 인류를 구한다는 이야기. 시를 잘 풀려면 판타지가 필요할까, 액션이 필요할까. 개를 찾아주세요! 옆집 소녀는 아직 울고 있는데 웃으면서 끝나는 시는 거짓말 같고

슬픔은 금세 제자리로 돌아올 것이다. 훅Hooke의 법칙이다. 언젠가 뼛속까지 후볐던 후렴구는 인생의 귓가를

맴돈다. 훅hook의 법칙이다.

나는 오늘도 펜을 향해 서 있습니다. 고독한 솔로입니다. 한 자루의 팬을 독대하고 열창을 해야 한다. 감사합니다. 경례를 하고 쿨하게 종이에서 걸어 나와야 한다. 대기실로 돌아오면 친애하는 솔로 여러분들. 막간에 나누는 빵냄새가 따뜻해서 복도에서 잠들 뻔했지만

천천히 화장을 지우고 구름을 깊이 눌러쓰고 우리는 멈블랩mumble rap처럼 뒷골목으로 흩어진다. 너는 사라졌고 나도 사라졌는데 알 수 없는 우리가 남아 있다.

* "라면 먹을래요?"는 영화 「봄날은 간다」의 대사. 기리보이, 루피, 디보, 김사월, 소금, 지우(=하야케)(그 외 다수)는 친애하는 솔로 여러분들. 라면과 음악은 리듬을 사용한다.

* 이 시는 시집 『모조 숲』에 실린 「검은고양이소셜클럽」 「영화적인 삶」에 이은 '베이비 3부작'의 완결 편이다. 그러나 주문처럼 후렴처럼, 인생의 귓가를 맴돌 것이다. *우리는 모두 서로의 베이비.*

3zip
모든 말을 하려면 입을 다물어야 할까요

개들의 음악

개를 사랑하는 일은
개 목소리에 귀 기울이게 하고

그것은 은쟁반에 옥구슬 구르는 소리
심야의 라디오 소리
고독의 활이 빗물을 켜는 소리

사랑하는 개가 없다면
그것은 그냥 개소리

제 영혼에 불 지르고 불구경하듯
서성거리던 사랑은 어디서 발각되는 것일까
갇혀버린 방화범이 되어

검게 그을린 계절을 창밖으로 흘려보내면
명랑한 새들이 입으로 물고 오고

열 사람이 그린 개 그림은
누가 봐도 개 그림인데

혼자서 듣는 개의 노래는
열 사람이 노래하는 라이브 같다
누군가는 박자를 놓치고

개나 줘버린 사랑이
뜨거웠던 흑발의 피아노처럼

목을 끌고 다니며 울먹이는 것이다
입에는 먹통이 된 이빨들이 꽉 낀 채로

사랑하는 당신이 없다면
이 시는 그냥 헛소리

어느 날 혀가 뚝 잘리고 입이 집처럼 무너져 내린
떠돌이 개가 똥 마려운 듯 끙끙대며
문 앞에 서 있다면

나의 아름다운 변기를 빌려줄 수 있을까

믿을 수 없는 밤들이 시작되고

사랑하는 개가 어느 날
거울 속으로 들어가 울음마저 꾹 닫아버리면
잠들 수 없는 음악이 시작되는 것이다

포지션

발육이 더딘 마을에서 너무 자란 사람은 눈에 띈다
너는 외로움이 2미터까지 자랐다
누구를 마주 보든 그림자가 넘쳤다
누구든 빠져들 만한 깊이였다

누구든 돌아볼 만한 부피였다
누구에게든 들키고야 마는
세상에 하나밖에 없는 옷을 입고 있었다
행동이 느려지고 외로움은 더 뚱뚱해졌다

너는 운동을 시작했고 운이 좋으면 유니폼을 입을 수도 있다
외로움의 백넘버가 등골에 박히고
어디서나 촉망받는 프로가 되었다 현란한 개인기로
카메라 속에서 뛰거나 바다를 건너갈 수도 있고

검열관이 난입하는 마을에서도 선수답게
타인의 외로움과 몰래 뒹굴 수 있다
잘하면 밤새 끌어안고 어둠의 끝까지 뛸 수도 있다

너는 외로움을 늘리려고 발돋움했다 바닥에서 바닥으로
발바닥을 반죽처럼 치대며 드리블을 하고
팔을 늘려 조금씩 수제비처럼 떼어 슛을 날린 후
텅 빈 코트에서 3인분의 외로움을 소화한다

곁눈질로 뻗어나가는 롱패스의 아름다움과
떠 있는 것의 곤두박질을 가볍게 안아 올리는
점프의 솟구침이란

한 그루의 백보드가 너를 새답게 하고
너는 바스켓 밑에 배치되었다
머물 수 없는 둥지를 오르내리며 빈손을 날개처럼 펴고

너는 공空 하나를 갖고서 시간의 알을 득점한다
숨이 턱 밑까지 차오르고 외로움이 쿵 쓰러질 때까지
잘하면 한평생 공중에 떠 있을 수도 있다

죄의 맛

오르톨랑은 아주 작은 새입니다. 아주 특별한 요리입니다. 이방의 요리사들은 입을 모읍니다. 프랑스의 영혼을 구현하는 맛이라나? 산 채로 새를 잡아 어둠 속에 가둡니다. 한 달 가까이 포도나 무화과 같은 달콤한 과일만 먹입니다. 새는 밤낮을 모르고 먹기만 합니다. 오로지 그러라고 눈알을 뽑기도 하니까요. 배가 터져 죽기 전에 아르마냐크에 절여져 오븐에서 구워집니다.

오르톨랑은 금지된 조류입니다. 금지된 메뉴입니다. 이방의 미식가들은 입을 숨깁니다. 하얀 냅킨을 머리에 뒤집어쓰고 먹습니다. 잔인한 요리를 신에게 들키면 안 되니까요. 어쩌면 귀한 요리를 신에게 뺏길지도 모르니까요. 통째로 입에 넣어 뼈와 살을 천천히 씹는답니다. 브랜디의 달콤함이 내장에서 터져 나올 때 극에 달합니다. 나는 프랑스 사람이 아닙니다. 더 길게 더 천천히 설명할 수도 있어요. 프랑스 사람처럼.

앞집에 사는 새는 눈이 예쁩니다. 아무도 여자의 이름은 모릅니다. 밤낮을 모르고 창문 속에만 있습니다. 새벽마다 울지만 코 고는 소리에 묻힙니다. 아무도 여자의 목소리는 모릅니다. 햇볕이 좋아요. 나는 몰래 손짓을 하지만 여자는 날지를 못합니다. 예쁜 눈을 뜨지도 못합니다. 방이 꽉 끼도록 살이 쪘습니다. 몸의 둘레가 벽에 가까워집니다. 나는 평범한 이웃입니다. 앞집의 창문을 훔쳐봅니다. 금지된 영역입니다. 누군가 저녁이면 하얀 커튼을 내립니다.

겨울의 숲과 해변에서 버려진 눈알들을 주웠습니다. 밤낮으로 어둠에 불렸습니다. 뚱뚱해진 울음 덩어리들을 음악에 절여 구웠습니다. 오로지 그러려고 눈물을 뽑기도 했으니까요. 까맣게 구워서 동공을 갈아 끼웠습니다. 그 눈으로 낭독을 저질렀습니다. 눈만 뜨면 누군가의 죽은 눈이었습니다. 이것은 평범한 시입니다. 금지된 언어입니까. 질문을 하는 손들이 하얀 종이를 뒤집어씁니다. 하얀 종이는 하얀 종이를 자꾸 뒤집어 씁니다.

혀

혀 위에 각설탕을 얹으면 어디로 사라지는 걸까
호리병처럼 목구멍이 벌어져 있는데
미궁 속에 빠지듯

혀는 표면과 배후로 이루어져 있다
빨갛게 피고 지는 봉오리들과
칠흑의 숲

혀 위에 돌멩이를 얹으면 어디로 사라지는 걸까
나비처럼 귀가 펼쳐져 있는데
박힌 돌을 빼내는 심정으로

이 밤은 누가 쌓아 올린 돌탑일까
돌무더기 속에는 찢어진 나비들이 맺혀 있다

귓바퀴를 오므리는 손가락과
말을 주워 담는 손가락이
동시에 일어나지만 동일한 사건일 수 없고

달빛은 재탕이 되는데 밤마다 첫맛이다
달의 각도와 나의 체온이 맞닿고 어긋나는 틈새에서

하루치 혀가 떠 있을 때
이것은 스치는 것일까 스미는 것일까
파르르 눈이 감기고

혀 위에 혀를 얹으면
일어날 수 없었다

야유회

한 사람이 손수건을 살며시 놓고 갔다
그것이 이별인 줄 알았는데

돌아볼 수 없어서 두 손만 뻗어 뒤를 더듬었다
그런 건 게임인 줄 알았는데

다음 사람이 수건 대신 찢어진 페이지를 돌렸다
이야기가 등 뒤에서 겉도는데

둥글게 둥글게 합창이 흐르고

벼르던 사람이 그물을 던지고 뛰었다
가까스로 자리에서 벗어나

달아나던 사람이 죽은 새를 몰래 흘리고 뛰었다
쫓기던 사람이 쫓는 사람이 되어

몇 바퀴를 헛돌던 사람이 핏덩어리 아기를 두고 뛰었다
발을 뺄 수 없는 한마음이 되어

둥글게 둥글게 눈빛만 흐르고

재빠른 사람이 폭탄을 떨어뜨리고 빈자리에 숨었다
꾸벅꾸벅 졸고 있는 사람들 사이로

누군가의 등 뒤에서 불이 확 타올랐다
죽은 사람이 죽이는 사람이 되어

사람들은 하나둘 육신을 내려놓고 떠돌았다
배가 고파 모니터 밖으로 나오면

둥글게 둥글게 밤하늘은 흐르고

야식 배달 소년이 일용할 먹이를 돌렸다
이것이 결말인 줄 알았는데

한 사람이 일기장을 신발처럼 벗어두고 떠났다
이야기가 입가에서 맴도는데

씹는 사람이 씹히는 사람이 되어
누군가는 꼭 혀를 깨물었다

문학 개론

어느 날 갑자기 말문이 열리는 것입니다. 한마디를 찾기 위해 수십 년을 더듬거렸다는 듯이. 세월 속에서 인화되는 필름 같은 것. 여섯 살 때였습니다. 낯선 혀가 불쑥 내 입속으로 들어왔습니다. 첫 키스입니까. 첫번째 개새끼입니다. 무슨 말이 필요합니까. 첫사랑을 만난 후에야 알았습니다. 양치질만 하다가 헤어졌으니까요.

엄마, 무서워요. 입에 안개가 낀 것 같아요. 앳된 엄마는 웃었습니다. *너는 꿈을 꾸는 것처럼 말하는구나. 아직 혀가 새싹만큼 자랐는걸. 하지만 곧 성가실 만큼 길어질 거야.* 시작이 반이다. 우리 집 가훈입니다. 혹은, 시작은 미약하였으나 나중은 창대하리라.

나는 해피와 함께 자랐습니다. 마당에 묶여 있던 해피는 과묵했고 해피밖에 모르는 나는 과문해서 잘 어울리는 한 쌍이었습니다. 열한 살 때 나를 만진 개새끼도 해피는 조용히 묻어주었습니다. 2월 5일. 그날은 나의 해피 버스데이입니다. *그런데 해피는 어디로 사라졌나요?* 나의 첫 질문이었습니다. 학교에서 돌아왔을 때 해피는 흔적도 없었습니다. 늙어서 죽은 거라는 믿음이 필요했지만 엄마는 대답이 없었습니다. 병들고 불행해진 해피를 헐값에 팔았을까요? 의심이 시작되자 엄마도 사라졌습니다. 해피 없는 인생이 시작되었습니다.

열아홉에 만난 개새끼는 꼬리가 없어 헷갈렸지만 아무에게도 묻지 않았습니다. 개새끼를 개새끼라 부르지 못하고 교무실에서 혼나는 소녀를 보았으니까요. 희생과 정숙. 우리 학교 교훈입니다. 스물넷에 겨우 졸업을 하고 당당하게 새벽 산책을 할 때였습니다. 텅 빈 골목 저 끝에 한 무리가 있었습니다. 눈이 딱 마주치자 이빨부터 드러내며 성큼성큼 몰려오는 겁니다. 바로 옆 대문 기둥에 몸을 숨기고 나는 그대로 뻗었습니다. 기절했으니까요.

깨어났을 땐 낯선 집이었습니다. *가엾어라. 흑설병黑舌病에 걸렸구나.* 노부부는 다정했지만 나는 도망쳤습니다. 내가 정작 걸려든 건 병 따위가 아닙니다. 내 목에 개목걸이가 채워져 있는 겁니다. 제법 배운 놈의 소행입니다. 그놈은 개새끼라기엔 너무나 크고 한국어에도 능통하고 낭만적이기까지 했습니다. 부모님들은 왜 가르쳐주질 않나요? 욕이라도 배웠다면 비명 대신 멋지게 써먹었을 텐데. 나는 욕을 할 줄 모릅니다. 그러니까 이건 진짜 개새낍니다.

이 바닥을 떠돌던 한 무리가 둘러서서 구경만 했습니다. 멀리도 못 가고 나는 끌려갔으니까요. 왜 아무도 말리지 않습니까. 그놈들은 정말 불쌍한 놈들입니다. 멀쩡한 입으로 찍소리도 못 합니다. 피를 토해도 평생 득음 같은 건 꿈도 꾸지 못하는 겁니다. 학교에서는 오로지 인성 교육만 하니까요. 도무지 개새끼들을 위한 책은 어디에도 없는 겁니다. 나는 선생을 꿈꾼 적이 없습니다. 가방끈이 짧아요. 이건 글로 쓴 게 아닙니다. 마음이 쓰는 겁니다. 그러니까 이건 고백입니다.

다시 깨어났을 때 나는 늦깎이 어른이 되었습니다. 개소리도 씹을 줄 아는 센 언니가 되었습니다. 검은 혀가 주체 못 할 만큼 길어졌습니다. 열이 나면 땀방울 대신 혓바닥을 내밀 줄 압니다. 목에 남은 목줄의 흔적이 아픈 날에는 짖을 줄도 압니다.

어느 날 어릴 적 소꿉친구는 사실은 개새끼였다고 털어놓았습니다. 나는 충격을 받았습니다. 정말이야? 개새끼. 절교를 선언했습니다. 흑흑. 그는 온몸으로 오열했습니다. 나는 감동을 받았습니다. 말없이 우는 개는 처음이었으니까요. 참회하는 개들은 누구보다도 인간적이니까요.

짖기만 하는 놈들이 가문을 욕되게 해서 늙은 개들은 은둔했습니다. 윗집의 블루는 종일 빈집을 지키다 떠났습니다. 블루가 떠났을 땐 나도 울었습니다. 하얗게 눈이 내려 덮일 때까지 펑펑 울었습니다. *그런데 집을 나간 개들은 어디서 겨울잠을 자나요?* 모두가 울면서 돌아온다면 마을이 홍수로 떠내려갈 텐데. 아무도 돌아오지 않는다면 귀신들에게 빼앗긴 들판엔 끝없는 잡초만 벼랑처럼 우거질 텐데.

어느 날 갑자기 말문이 막히는 것입니다. 폐가에서 낮잠이 들었는데 창문도 없는 개집에 누워 있었습니다. 친구들을 찾아 꿈을 따라갔습니다. 안녕? 여기들 모여 있구나. 어딘지 낯익은 소녀들이 비좁은 창문가에서 웅성거립니다. 서로의 입술을 필사하려는 듯이. 이야기를 밧줄처럼 꼬아서 꿈 밖으로 서로를 구조하려는 듯이. 소설보다 길고 복잡하고 외로운 장르입니다.

돌아보고 돌아보고 돌아보았습니다. 하나를 생각하면

백까지 떠오릅니다. 하나만 생각하면 아흔아홉이 지워집니다. *모든 말을 하려면 입을 다물어야 할까요?* 주저주저와 주절주절 사이에서 날이 어두워집니다. Entre chien et loup. 개인지 늑대인지 알아볼 수 없는 시간. 먼 나라에서는 그렇게 말합니다만, 골목에서는 개인지 개새끼인지 알 수 없는 그림자들이 목줄을 끌며 지나갑니다. 나는 개를 사랑하고 새끼들을 사랑합니다. 개새끼들을 사랑한다는 뜻은 아닙니다. 그러나 개라는 말만 꺼내도 눈물이 나고,

해피는 아직 죽지 않았습니다. 내 안에 있으니까요. 나는 해피의 엔드입니다. 불행했던 이야기를 헐값에 파는 걸까요? 빈손으로 죽을 거라는 믿음이 필요하지만 아무도 대답이 없습니다. 묵묵히 인생에게 여쭈어야 합니다. 낡은 문이 삐거덕삐거덕 반복됩니다. 내 뼈다귀를 핥던 해피가 허공을 향해 짖습니다. 나도 따라 짖습니다.

비어 있는 사람

창살만 남은 늑골 사이로
빛과 어둠이 교차하는 지금은 저녁일까 아침일까

십 년 만에 눈을 뜬 것만 같아
끄고 잠든 별빛처럼 지붕도 함께 사라진 것일까
이대로 일어날 수 없다면 의사들이 달려올까 용역들이 달려올까

밤에 지나는 사람은 플래시를 들고 오고
용감한 휘파람으로 제 몸을 끌고 오고
담력 테스트를 하려고 사람들이 몰려올지도 몰라
죽어버린 장소는 죽은 사람보다 무섭고

벽이 헐리기 전까지 깃드는 건
소문과 어둠뿐인지도 몰라
숨어 있기 좋아서
고양이들은 움푹한 옆구리로 파고들고 헐거운 뱃가죽에 눌러앉았다

뼈가 닳고 있는데 모래가 날린다
모래는 어느 구석에 또 쌓여서 불빛을 부르고 휘파람을 부르고
우리가 다시 사랑을 한다면
태양보다 뜨거운

검은 페인트를 뒤집어쓰고 사랑을 한다면
어떤 체위로 가능할까

십 년 만에 몸을 뒤집고 있는 것 같아
텅 빈 입속엔 구르고 있는 돌 하나
내 것이 아닌 것 같다
혼자 하는 키스처럼

처음부터 물려받은 독백처럼 십 년이 또 지나도
문패가 바뀐 후에도

거꾸로 가는 마차를 타고

거꾸로 흐르는 물결을 지나 *거꾸로새*를 따라갔지. *거꾸로마*을로 들어갔지. 노인들이 밀밭에 누워 *거꾸로책*을 읽었지. 바닥에서 눈높이를 맞추는 우정에 대하여. 마지막 장면에 펼쳐지는 출생의 비밀에 대하여. 새벽마다 종지기가 퍼뜨리는 예배당 종소리. 아이들은 언덕에 올라 *거꾸로체조*를 배웠지. 바닥까지 심장을 쏟는 열병에 대하여. 정수리가 땅에 박히는 죽음의 첫 경험에 대하여. 망가진 두개골을 꽹과리처럼 두드리는 대장간의 망치 소리. 거꾸로 흐르는 리듬을 따라 *거꾸로숲*을 달려갔지. *거꾸로계곡*에 다다랐지. 네발을 모으고 물속에 누웠지. 몸이 잘게 부서져 물 알갱이만 남을 때까지. *거꾸로나무*들이 둘러서서 발자국들을 쓸어 넣었지. 첨벙첨벙 잠을 재우는 따뜻한 물소리. 터질 듯한 배를 쓸어내리며 죽은 엄마가 속삭였지. 어서 나오렴, 밤이 오기 전에. *거꾸로혀*로 핥아주었지. *거꾸로숨*을 몰아쉬었지. 꺼져가는 물 알갱이에서 귀가 돋을 때까지. 나란히 한 쌍의 귀를 모으고 같은 자장가를 들은 것 같은데 우린 어디서부터 찢어진 걸까. 마주 보는 눈에서 강물이 흐르는 날이면, 가만히 동공을 들여다보았지. *거꾸로새*를 따라갔지. *거꾸로책*을 펼

쳤지. 모든 걸 덮고 나면 백지가 될까. 끝난 후엔 끝날 줄 모르는 결말에 대하여. 죽은 후엔 죽을 수 없는 기억에 대하여. 백발을 풀어 헤치고 *거꾸로숲*을 달려갔지. 백골을 길게 땋아 *거꾸로절벽*을 내려왔지.

밀랍

모퉁이는 모퉁이를 빠져나갈 수 없어서
벽을 따라 걷고 있는
흰 모퉁이

헐리다 만 집이 있고
따라 나오는 울음소리가 있고

죽은 이들은 죽은 줄 모르고

산 자들은 죽은 줄 모르고

아름답게 누워 있는 시체들이 있고
따라 들어오는 발소리가 있고

꿈은 꿈을 빠져나갈 수 없어서
객석에 앉아 우리를 관람하는
계속되는 밤

반복 구간

사람들은 슬픈 눈으로 말했어요 백 미터를 끌려갔다고
그애는 아직 차 문에 매달려 있어요
바퀴를 멈추려면 생각을 멈추어야 할까요

백 미터만 지나면 빵가게가 있고
맛있는 인생을 고를 수도 있는데
어떤 입들은 백 미터보다 짧고

사람들은 혀를 차며 말했어요 하얀 원피스가 빨갛게 물들었다고
그러나 그애는 차 문에 매달려 있어요
아시다시피 탈출하는 중이니까

바람에 나부끼는 속옷과 같이
들추어진 악몽이 저 혼자 말라가고
이런 날씨가 계속된다면 어디로든 훨훨 날려 보낼 수 있는데

사람들은 자꾸 손목을 끌며 말했어요 아무 일 없던 처

음으로 되돌아갈 수 있다고
그애를 기억하는지 학교를 찾아갔어요 하지만 선생님은 죽었는걸요
그날을 기억하는지 친구들을 찾아갔어요 하지만 그 아이들은 친구들의 딸들인걸요

아무도 모르게 흰 구름도 빨갛게 물들고 있는데
낯선 발들에 섞여 아무리 길을 건너도
어떤 입들은 백 미터보다 길고

사람들은 그림자를 지그시 밟고 서서 말했어요 시간이 약이라고
그애는 다시 차 문에 매달려 있어요
바퀴를 멈추려면 이야기를 멈추어야 할까요

보았던 영화를 또 보고
흰머리를 쓸어 넘기며 조금씩 귀를 뭉개고 무릎을 둘둘 말고
흘러가는 바람 속에 잠이 들었는데

사람들은 그애를 차에 실으며 말했어요 다 지나간 일이라고
그러면 그애는 차 문에 매달려 있어요
죽어서도 탈출하는 중이니까
어떤 인생은 백 미터밖에 안 되니까

사과후事過後

여자 옆에서 눈을 떴다. 남자인지도 모른다. 무슨 일이 있었던 걸까. 아무 일이 없었는지도 모른다. 마주 누운 이 사람은 누구인가. 사람이 아닌지도 모른다. 내가 깨어났을 때 사람들은 모두 울고 있었다. 아니 웃고 있었는지도 모른다. 내가 잠들었을 때 모두들 속삭이듯 인사했었다. 그들이 돌아갈 때 밖에는 눈이 내렸다. 장맛비였는지도 모른다. 모두들 가방에서 우산을 꺼내 썼다. 모자였는지도 모른다. 그들은 가볍게 어둠을 털어냈다. 티끌이었는지도 모른다. 나는 점 점 작아질 때까지 방 안에 누워 있었다. 아니 갈대밭이었는지도 모른다. 갈댓잎이 이글이글 불에 타고 있었다. 벌건 대낮이었을 것이다. 달밤이었는지도 모른다. 달이 강가에서 어슬렁거렸다. 그러다가 어렴풋이 달려오고 있었다. 그러니까 그건 멧돼지였는지도 모른다. 이미 수십 년 전의 일이다. 아니 간밤의 일인지도 모른다. 어딘가 흔적이 남았을 거야. 나는 급히 휴대폰을 찾았다. 흉기였는지도 모른다. 손에 핏물이 끈적거렸다. 빗물이었는지도 모른다. 누군가 내 눈을 가렸을 것이다. 그럴수록 내 눈은 더 밝아져 안개 흐르는 소리까지 보일 지경이다. 그러면 마주 누운 저 사람은 누구인가. 죽어가면서도 울지 않았다. 아니 울지 않아서 죽은 건지도 모른다. 자, 이제 시작합시다. 누군가 말했다. 사람들은 모두 울고 있었다. 여자 옆에서 눈을 떴다. 방 안이었다. 흙무더기였는지도 모른다.

시간을 나르는 사람

계단을 오르는 사람은
계단 밑에 서 있는 사람

스무 개의 계단을 오르는 한 사람은
한 계단씩 오르는 스무 사람

계단은 산처럼 드높고
계단을 오르는 사람은 층층이
서 있는 나무들처럼 고독한 릴레이처럼

계단이 사람을 전개하면서
사람이 계단을 지속하면서

새장을 안고 오르는 사람은
전진하는 걸까 추락하는 걸까

새장을 계단 봉우리에 풀어놓고
새들이 사방으로 잡아당기는 허공 밑

계단을 조감도처럼 내려다보았네
아득히 등고선을 따라

그러데이션처럼 펼쳐지는 사람들
이미 지나간 사람일까 아직 오지 않은 사람일까

한 사람이 허리를 활처럼 구부리고 있었다
신발 끈이 하얗게 풀어져

모든 시간에 닿아 있었다
전속력으로 정지해 있는 한순간의
영원 속에서

계단을 오르는 사람은
계단을 내려가는 사람

다음 계단이 기다려주었다
다음 사람과 함께

누드비치

누드비치라는 말은 기분이 좋다
먼 나라 사람 이름 같다
귀르비치 말코비치 이바노비치
나랑은 상관이 없는 것 같다

달리는 말 위의 소나기 같고
골목 끝 신혼집에서 불어오는 콧노래 같고 그곳에선
밤이면 까르르 한 쌍의 깃털베개도 날아다닌다

말을 달려도 말을 멈춰도 소나기는 내린다
베개 솔기가 터지도록

찢어지게 웃다가 찢어지는 연인과 찢어지게 가난해서
찢어지는 가족과 찢어지게 낡아서 찢어지는 책들과
속수무책이 쌓여서
읽을 수 없는 날이 오고

창 밖의 창 밖의 창 밖의 별들을 더듬으며

과거를 알고 싶어요?
나체로 말을 하면 이야기가 달라질까

그런데 왜 양말은 신고 있죠?
그것이 이름표라는 듯이
아직 벗을 게 더 남았다는 듯이

국경을 벗으면 세계는 하나라는 듯이
유럽 아시아 아프리카
얼기설기 발 담근 지중해 어디쯤

난민들은 난민의 옷을 벗고
남루한 모국어를 벗고
그을린 피부색을 벗고

모든 걸 벗고 나면 새사람이 될까
뼈대를 벗고 핏줄도 벗고
죽고 나면 모든 게 투명해질까

열 달 동안 물을 건너 우린 국적을 얻었는데
난파된 바다 위에는
기다리는 꼬부랑 산파도 없이

깃털을 날리던 골목의 여자는 어느 날
배 속의 물결을 가득 안고 뒤뚱뒤뚱 혼자서 지나갔다

기저귀처럼 깔려 있는 백모래밭을 지나 물속에서 잠이 든 아이들을 지나 물가를 종일 기어 다니는 나를 지나
나는 어디서부터 뚜벅뚜벅 지나가버렸을까

벽 속의 벽 속의 벽 속의 의자에 앉아

마음은 말더듬이같이 더듬거리는데 눈 감고도 두부를 자르듯
나는 언제부터 한국어를 또박또박 쓰게 됐을까

누드비치라는 말은 눈물이 난다
나랑은 상관이 없는 것 같다

오르골 야광별 깊고 푸른 젖비린내
어딘가에 두고 온 해변 같다
더 벗을 수 없는 물방울들이 날아다니고

아침이면 한 줌씩 떠내려와
다 벗을 수 없는 내 얼굴을 무심히 스쳐갔다

4zip
우리는 떨어지면서 발견됩니다

계단 위의 잠

산책을 나온 지 천 일이 지났지만
아직 집으로 돌아가는 중입니다
지난해의 약속에도 도달하지 못했어요
바닥까지 내려오면
다시 계단이 펼쳐지고
화살표를 따라 방향이 바뀌고
계절이 나갔다 들어오고
신발은 오른쪽만 닳았습니다
오른발! 오른발! 구령을 외웁니다
모두가 오른쪽으로 걷고 있습니다
왼쪽의 기억은 선을 벗어났다는 듯이

한 무리의 소년소녀들이 위로 올라가고
나는 기체가 아닙니다
뿌리가 깊은 밤입니다
나는 익을 대로 익었습니다
터지기 일보 직전입니다
누군가의 발밑으로 떨어지는 일만 남았습니다

공중에 매달린 낙하산처럼
둥둥 떠다니는 우산들 속에는
시간을 잠시 피하는 연인들이 있고
막다른 지하 끝에는
칠흑의 강을 건너는 배가 있습니다
한 닢 두 닢 남은 미소를 세면서 플라스틱
바구니처럼 푹 꺼진 얼굴들이
눈을 감고 환승을 합니다
그러나 계단은 왈츠처럼 흐르고
밤새 떠내려온 사람들이
아침 인사를 합니다
처음부터 다시 손을 맞잡고
자전을 하듯 빙글빙글 발을 맞추지만
어떤 날은 시체를 안고 춤을 추고
어떤 날은 시체가 되어 춤을 추고

걸음을 우뚝 멈추고 서서
천국의 암표를 쥐고 흔드는 사람이 있고
하루치 신도들을 모으는 전단지처럼

나는 구겨질 대로 구겨졌습니다
이대로 뺀기 일보 직전입니다
누군가의 영혼 속으로 기어드는 일만 남았습니다

떨
어
지
는

나를 잡을 수 없어요
돋아나는 나를 멈출 수 없듯이
계단을 숲이라 부른다 해도
계단을 우주라 부른다 해도
계단은 철봉이 아닙니다
켄트의 꽃입니다 사과처럼
우리는 떨어지면서 발견됩니다
우리는 이미 지나갔어요
계단밖에는 아무도 없어요
얼굴이 붉어진 우리가 돌아오고 있어요
계단 밖에는 아무도 없어요

천국의 계단

우리는 11층을 지나고 있었네
너는 올라가는 중이었고 나는 내려가는 중이었다
그러나 우린 똑같이 첫 경험은 아니라는 듯이

우리는 11층을 지나고 있었네
너는 창유리 안에서 나는 창밖에서

안과 밖이 바뀔 때에도
얼굴이 서로 바뀔 때에도
거울처럼 투명한 어둠 속에서

불안과 위안이 앞뒷면처럼 겹치고
손을 잡은 행위와 손을 놓은 이유가 동시에 스치고

우리는 11층을 지나고 있었네
반짝이는 숲에는 구릿빛 새들
계단은 9층에서 끝이 났는데

그러나 우린 똑같이 두 팔을 펴고 믿음을 펄럭이면서

삭비數飛: 희고 끝없는 소녀들

한낮의 거리는 희고 길어서 끝이 보이질 않았다. 소녀는 아찔한 하늘을 올려다보았다. 구름이 불덩이처럼 흐르다가 이마에 붙었다. 발밑엔 검은 괴물이 납작하게 깔려 있었다. 그래서 기절했을 뿐인데, 눈을 떠보니 고요한 방이다.

거울 속에서 소녀들이 손짓을 한다. 이리 좀 와봐. 손끝에서 소리가 들려왔다. 정신이 좀 드니? 소녀2가 속삭였다. 기억나는 거 있어? 소녀3이 덧붙였다. 우리가 있잖아! 소녀4가 소리쳤다. 돕겠다는 뜻이야. 소녀5가 웃었다. 다시 시작하면 돼! 처음부터! 소녀6과 소녀7이 쌍둥이처럼 말했다. 쉿, 조용히 쉬게 하자. 소녀8이 말하자 잠시 침묵. 그런데 소녀9는 어디 갔지? 소녀1이 말하자 다시 웅성거리기 시작했다.

도무지 잠을 잘 수가 없어서 밤의 거리로 나갔다. 사람들이 모두 뒤로 걷고 있었다. 마주 보는 순간 멀어졌고 다가오는 건 모두 뒷모습이었다. 뻗어 있던 검은 괴물은 흔적도 없이 사라졌다. 그래서 또 기절했을 뿐인데, 눈을 떠보니 다시 고요한 방이다. 그런데 모두 어디로 갔을까. 긴 꿈을 꾼 것 같다. 거울 속에는 한 소녀만 남아 있다.

거울 속에서 소녀1이 자꾸 손짓을 한다. 손목이 부러질 것만 같다. 손끝에서 하얀 햇빛이 쏟아진다. 우린 죽은 척 하자! 갑자기 어디선가 한 소녀가 말했다. 너라잖아! 너를 부르고 있잖아! 그런 말도 들렸다. 바로 옆에서 귀를 계속 찔렀다. 아무리 봐도 소녀들은 보이지 않고 괴이한 분장을 한 검은 소녀가 바닥을 기어 다녔다.

도무지 현실 같지가 않아서 거울을 열고 들어가보았다. 투명한 유리 계단을 밟고 옥상으로 올라갔다. 말이 없는 검은 소녀가 유리 계단 위를 구불거리며 따라왔다. 유리 난간 위에 올라서서 소녀는 아찔한 바닥을 내려다보았다. 어느새 소녀들이 모여 있었다. 누구라도 발을 떼기 좋은 날씨구나. 혼잣말을 했을 뿐인데 소녀들이 동시에 올려다보았다. 구름이 불덩이처럼 흐르다가 이마에 붙었다. 소녀들이 어미 새처럼 손짓을 했다. 갑자기 소녀가 날아올랐다. 갑자기 검은 소녀가 소녀의 발목에 매달렸다.

난간 아래는 희고 길어서 끝이 보이질 않았다.

구름의 분위기

제주 앞바다에서 올라왔다고 했다. 은갈치가 동네를 세 바퀴째 돌고 있었다. 물 밖으로 나오면 바로 죽는다던데 은갈치는 아직 여행 중일까.

가이드가 트럭을 비행기처럼 끌었다. 확성기 소리가 골목의 담을 국경처럼 넘나들며 시차가 다른 집들의 잠을 깨웠다.

떼구름이 몰려다녔다. 하늘이 넘실거렸지만 흘러내리지 않았다. 서로 다른 색깔의 지붕들이 해안선처럼 이어져 있었다.

나는 한 번도 은갈치를 만져본 적이 없다. 손을 대지 않으면 두 눈을 감길 수 없을까.

형부는 아직 여행 중일까. 예뻤던 사촌 언니는 유품을 반짝반짝 손질하느라 슬픔도 굶었다.

나는 병실에도 영안실에도 가지 않았다. 물 마시러 나

오지도 않고 주인 없는 육체 안에 누워 있었다.

다정한 언니는 상자 하나를 보내주었다. 먼바다에 두고 온 분실물처럼 낯설고 따뜻했다. 빼곡히 들어 있는 은빛 팩은 형부가 맛보지 못한 눈부신 날들이었다.

남아 있는 날들 중 첫날을 집어 들었다. 은갈치를 고르는 것도 아닌데 손이 떨렸다. 손가락 사이로 빛이 흘러 상자에 고였다.

나는 목구멍을 벌리고 고무관처럼 빨대를 끼웠다. 은갈치는 가느다란 골목을 천천히 빠져나갔다. 두 눈은 감고 떠났을까.

오후가 유동식처럼 흘러가는데 살점 같은 게 울컥 목에 걸렸다. 형부 얼굴이 생각나지 않았다.

한 무리의 구름이 제복을 입고 눈앞을 지나갔다. 아득히 물결 속으로 들어갔다. 아무도 모르게, 은빛.

졸업 앨범

흠뻑 젖은 선배는 돌멩이를 지상에 버리고 한 줌 새가 되었을까. 오월의 나무들이 꽃들을 엎질렀지만 교문을 오갈 때면 머리에서 휘발유 냄새가 났다. 우리는 머리를 흔들며 수업을 했다. 머리가 떨어지지 않을 만큼만 목이 가늘어졌다. 머리를 흔드는 건 죄입니까? 성당의 신부도 머리를 흔들었다. 해변의 돌멩이들은 몸속에 머리를 집어넣었다. 여름 바다가 우리를 뿔뿔이 옮겨놓았지만 주유소를 지날 때면 머리에서 향냄새가 났다. 금요일의 차들이 달빛을 주유하던 밤 맨발의 후배는 육신의 터널을 떠났다. 짤막한 라이터 불빛이 마지막 길을 비춰주었을까. 우리는 머리를 흔들며 야근을 했다. 머리를 흔드는 건 병입니까? 병원의 의사도 머리를 흔들었다. 마지막 촛불이 꺼지자 친구는 케이크에 머리를 박았다. 웃음이 피어올랐지만 연기처럼 매캐했다. 고독의 침방울이 섞이기 전에 우리는 밤배를 탔다. 겨울 바다가 우리를 뿔뿔이 잠재웠지만 친구도 몰래 졸업을 했다. 검은 띠 두른 액자를 학사모처럼 눌러쓰고 있었다. 요란스러운 국화꽃 냄새가 간지러웠을까. 서둘러 사람들을 배웅하며 숫기 없는 아이처럼 웃기만 했다.

필사의 밤

너는 캄캄한 통덫에 갇혀 있다. 천사와 같은 목소리로 처음 울었다. 그건 죽여달라는 뜻이었을까. 끼니를 얻을 땐 고요한 눈을 사용했었다. 우리가 나눌 수 있는 건 하루씩 비어가는 어둠뿐. 내일은 없거나 오늘이다.

풀리지 않은 질문만 반복된다. 상품이 걸려 있는 퀴즈 같은 건 순식간에 지나가는 것이다. 문제는 스피드다. 세상이 문제투성이야. 선배는 시험을 거부했다. 학교는 빨간 줄을 그었다. 나는 고작 바닥에 떨어진 연필이나 주워 짝꿍에게 건넸다. 우리는 얌전히 채점 결과를 기다렸다.

신고를 한 이웃1이 말했다. 고양이가 끼어든 것이 틀림없어요. 슬리퍼를 끌고 나온 이웃2가 말했다. 빨리 좀 처리해주세요. 잔업을 마치고 귀가하던 이웃3이 말했다. 불쌍한 사람이나 도와주지. 이웃이 더 있었다면 너는 더 외로웠을까. 길 위에서 멈춰 있는 건 눈에 띄니까. 달아난 바퀴도 끝내 멈출 수 없었을까. 외로움의 각도를 벗어나듯이,

(실타래처럼 겉돌던 궤도에는 누가 끼어든 걸까.

어제와 같은 구석에 앉아 쪽잠을 자고

어제와 같은 찬밥을 구하고 어제와 같은 친구들을 만나고 어제와 같은 산책을 하다가

갑자기 너는 너에게 돌아갈 수 없고

너는 너로부터 떠날 수도 없고

조금씩 길들이던 죽음의 자리마저도 빼앗긴 돌멩이만 한 삶은 어디로 실려 가는 걸까.)

구조대는 단답형으로 대답했다. 경기도 양주로 갈 겁니다. 협회 직원은 안락사를 예고했다. 열흘까지는 지켜보다가 고통 없이 보내줄 거예요. 믿음이 약해질까 봐 나는 아침마다 전화를 했다. 네가 간밤에 죽었을까 봐(네가 아직 살아 있을까 봐). 좀더 살리면 안 되나요(빨리 죽여줄 수는 없나요)? 주삿바늘이 시곗바늘처럼 맴돌고 있었다. 날카롭고 더딘 긴 밤이 뚫고 지나면 한 마리의 나도 깊은 잠에 빠질 것이다. 다시는 깨우지 않을 것이다.

끙끙 앓던 캣맘 할머니가 전화로 깨웠다. 아무도 안 가

면 굶을 텐데 어쩌지? 할머니가 일러주는 장소를 받아 적었다. 얇은 책을 사료 가방에 끼워 넣었다. 낯선 고양이들이 밥을 먹는 동안 꺼낸 건 책이 아니라 약이었다. 굶주림과 아픔은 왜 늘 커플로 다닐까. 나는 고작 바닥에 떨어진 사료알이나 주워 담았다. 얌전히 그릇이 비기를 기다렸다.

아무 이름도 없는 너를 아무도 부르지 않는다. 이렇게 너를 부르면 나의 죄는 지나갈까. 삐뚤빼뚤 마음을 베껴 쓰지만 너에겐 닿지 않는다. 내 이름을 달아놓아도 이건 밤의 필체다. 두려움은 나보다 먼저 적힌다. 어둠의 문장들이 너를 내가 모르는 곳으로 데려간다. 내가 없는 곳에서 우리는 끝이 난다. 나는 캄캄한 입속에 갇혀 있다.

도마 위의 잠

밤에는 아무 일도 일어나지 않아

무인도처럼 엎드려
오후 몇 컷 꿰매어 덮는 조각이불 아래

남아 있는 밑불은 누가 버리고 간 체온 같고

사건과 사고는 아침에 상영된다
구불거리는 필름이 구름처럼 뒤덮고 나면

천 마리의 새가 머리에 부딪히듯
발아래 떨어진 새를 줍다가 하루가 끝나기도 하는데

밤에는 아무 일도 일어나지 않아

상한 우유처럼 따르다 만
응어리진 혼잣말이 저 혼자 줄줄 흘러내린다

어제 못을 박은 잘못에 다시 망치질하고

어제 미끄러진 바닥에서 또 춤을 추다가

외줄을 타고 돌아와 눕는 몸 안에서

피를 묻힌 꿈들이 있고
골격을 조이는 교도관들이 있고

밤에는 아무도 일어나지 않아

날카로운 빛이 깊숙이 찌르면
비틀거리며 일어나 오늘의 냄비를 향해 다가갔다

멀리서 수의를 벗고 돌아오는 나를 기다렸다

물렁한 두부頭部를 높이 들고
끓어오르는 햇빛 속에서

물 위의 잠

흰 눈이 온다고 했다
그해 겨울에도 지난겨울에도 본 적이 없는데
자고 있을 때에만 눈이 왔던 것일까
눈이 녹고 나서야 우리는 눈을 떴던 것일까

시간 위에 쓴 것들은 모두 고여 있는데
아름다운 물고기를 만나 슬픈 밤이었네

젖어 있는 맨발로 사람들이 제방을 기어올랐다
수변을 떠도는 개들과 눈이 마주쳤다
어쩌다 마을에서 버려졌을까
동공이 풀어진 눈빛이 먹구름처럼 떠 있었다
기다리는 아이들이라도 있는 것처럼 무작정 하류로 돌아가보는 밤
개 그림자를 끌고 더듬더듬 걷는 밤

무섭니? 이건 꿈이니까 괜찮아
천 번도 더 오간 길이어서
우린 눈 감고도 걸었네

천 개의 발자국이 뚫어놓아도 안개는 금세 복구되는 것이다
안개에 잘린 사람이 불쑥 불쑥 떠내려오면 시신을 확인하는 유족처럼 잠깐씩 멈출 뿐
아주 멀리 구름을 넘어가는 몸뚱이들은 잘게 토막 나
하얗게 굳어서 거대해진 날개에 실려 갔다
찢어진 잠자리 날개처럼 얇고 희미한 팔다리를 저으며 우린 어디쯤 왔을까

할머니는 안개로 밥을 짓다가 끼니를 끊었고
아버지는 안개로 집을 짓다가 가족을 끊었다
언니들은 안개로 시를 짓고 떠오를 때마다 고쳐 쓰지만
무지개도 아니고 지우개도 아니고

안개의 끝을 볼 수 있을까
저수지만 한 흡반 속에서 시작되는 이야기

마을의 아이들이 모두 빨려 들어간 넓이만큼

마을의 책들이 모두 빨려 들어간 깊이만큼

겹겹이 말려 있는 어둠의 길 밖에는
신기루 같은 마을이 있고
갓 태어난 아기들은 첫눈을 맞으며 펑펑 울었다
둘째 눈을 배우고 셋째 눈을 뭉치고 넷째 눈을 쌓다가
다섯째 눈을 녹이며
기억 대신 셈을 익히고
언젠가 까마득한 후손들만 남아 안개는 전설이 될지도
모르는데

걸음이 뚝 끊어지자 다시 제방에 서 있었다
한 발짝 아래 안개의 흡반이 있었다
더러워진 발바닥 순으로 줄을 서서
우리는 차례로 떨어지면서 제 방에서 깨어났다

잘 잤니? 아직 꿈이지만 괜찮아
천 번도 더 나눈 말이어서
우린 물 위에서도 걸었네

사방에 물갈기가 뻗어 있는데
바람이 한쪽으로만 쓸어주었다
펴지고 펴지고 펴졌다가 다시 돌아와 달라붙는 파문 속에서

아름다운 물고기를 만나 슬픈 밤이었네
물 위에 쓴 것들은 모두 삼켜지는데

너는 죽은 듯이 누워 헤엄을 쳤다
우린 늦은 식탁을 차렸다 너의 젖은 눈꺼풀을 내려주고
이제 그만 나오라고 꿈속에서 놓아주었다
입속에서 살살 흰 눈이 내렸다

죽음이 삶에게

환상의 다리

이민하가 노래하는 건 환상이다. 그는 이 환상 속에서 환상과 함께 다른 환상을 찾아 계속 이동한다. 환상도 결핍이기 때문이다. 현실의 결핍, 손상, 부재가 환상을 낳지만 그의 시에 나오는 머리가 잘린 버드나무 한 그루, 붉은 꼬리가 달린 아이, 절벽 끝에 날개를 퍼덕이며 거꾸로 매달린 여자, 모퉁이를 돌아가는 마네킹 같은 환상적인 이미지들은 위안이 아니라 고통을 준다. 그러나 이 고통을 사랑하자. 왜냐하면 수족이 절단된 몸에 수족이 존재한다는 환상마저 없다면 어떻게 살 것인가? 그런 점에서 환상은 위안이고 고통이다. 그가 노래하는 환상은 현실의 결핍을 은폐하는 게 아니라 폭로하고 따라서 환상은 황사가 된다. 이 황사 바람을 어떻게 견뎌야 하나? 젊은 시절의 내가 생각난다.

—이승훈

* 첫 시집 『환상수족』이 복간되면서 두고 왔던 초판본의 뒤표지 글을 이곳으로 옮긴다. 이것은 그의 기록일까, 나의 기록일까. 1990년 그를 찾아가 시의 첫발을 뗐다. 그러나 하필 악몽의 다리를 만났다. 2000년까지 걸었다. 2020년에도 잠깐 걸었다. 마스크 쓰고 걸었다.

* 어느 날 이민하 씨를 찾아간 이민하 씨가 '이승훈 씨를 찾아간 이승훈 씨'를 한강 변에서 만났다. 모든 게 꿈만 같아요. 제1 환상교, 제2 환상교, 제3 환상교…… 아래로 구불구불 담배 연기만 흘러갔다. 불빛이 깨어나자 입이 사라진 독자들이 흘러들었다. 이승훈 씨가 벌떡 일어나 가방을 털더니 페이지 밖으로 나갔다. 바바리를 펄럭이며

서초동과 새벽 사이로 걸어갔다. 2018년 1월 두 눈을 감으신 후에도. *이윽고 목이 없는 한 마리 흰 닭이 되어 저렇게 많은 아침 햇빛 속을 뒤우뚱거리며 뛰기 시작한다.*

밤이 선생이다

울지 마.
별수 없어.

곧 나아질 거야.

* 그러나 선생님은 나아지지 않았다. 2018년 여름. 와인색 카디건을 보내드렸다. 스무 해 전 누군가의 니트 색을 보시고 예쁘다 예쁘다 하셨었다. 따뜻하구나, 잘 입고 있다. 그러나 마지막으로 입고 계신 건 예쁜 색이 아니었다. 마지막으로 주신 세 마디도 귀한 말이 아니었다. 그러나 곧 나아졌다. 슬픔은 별수 없어서. 비 오는 날이면 와인색 어둠을 입고 밤이 오셨다. 잠드는 내가 누워 있는 나에게 믿음을 옮겼다. 지나가는 당신이 물벼락처럼 떨어지는 당신에게. 곧 나아질 거야. 삶이 죽음에게.

* 『환상의 다리』는 이승훈 시집, 『밤이 선생이다』는 황현산 산문집.
* 이탤릭체 부분은 이승훈의 시 「사물A」에서.

극야

죽은 사람들이 나를 묻어서 깊은 밤입니다
어둠도 함께 묻어주려고 오늘은 흰 눈이 한 삽씩 뿌려지고

새봄을 미리 묻어두어서
어떤 날은 다 삭은 뼈다귀들이 창가에 앉아 싹이 튼다
새잎에 피어나는 낯선 손금처럼

녹색 잠 속에 묻어주는 건 누구의 손바닥일까
꿈속 깊이 묻어두고 불현듯 찾아오는 건 누구의 발일까
묻었던 걸 까먹고 자꾸 까맣게 퍼붓는 건 누구의 끝없는 밤일까

다시 떠오르지 않는 사람들이 지평선 아래 숨어 있다
기억마저 묻어주려고 이따금 새 떼가 한 삽씩 뿌려지고

하늘만큼 높게 묻어서
바람처럼 숨을 몰아쉬기도 하는 밤입니다

살아 있는 자들과 함께 묻어서

어떤 날은 축배의 잔을 높이 들고 해골 가득 별빛을 따르는 밤입니다

없는 사람

그 사람은 오지 않았다
자리를 비워놓고 우리끼리 이야기한다

9인분의 이야기를 끓이면서
1인용 입을 벌리면서
다 같이 빈자리에 눈을 모으면서

끝말을 놓치면 없는 사람이 사라질까 봐 의자에 딱 붙어 있었다
모두가 믿고 있는 거대한 미담부터
내가 아는 사소한 버릇까지

없는 기념관이 뚝딱 생겨나고

서로 다른 조각을 쥐었어도 같은 퍼즐일 수 있는데
같은 모양을 골라 탑처럼 쌓으면서
우리의 슬픔은 두꺼워지는 것일까

조금씩 볼드체로 말하면서

그러나 없는 사람이 완성되면 있는 사람일까 없는 사람일까 의심하면서

그러나 비밀은 꽉꽉 숨긴 채
텅 빈 밤이 깊어가듯
우리 사이도 끝없이 깊어지는 것일까

없는 사람은 왜 가까이 있는 기분이 들까

없는 애인들이 생겨나고 없는 적들이 생겨나고
없는 물결이 가슴까지 차올라

퉁퉁 부은 입들이 수면 위로 떠다니고
귓불이 쭉쭉 당겨질 때마다
우리는 목까지 빨개져서

없는 사람을 자꾸 숨기게 되고
없는 사람과 함께 숨게 되고

출렁이는 테이블 아래로
없는 사람의 손을 꼭 쥐고 있었다
자리를 뜨면

없는 사람이 따라올까 봐
죽어서도 우리는 의자에 딱 붙어 있었다

Never Ending Story

애니는 영국에 살아요. 여덟 살 소녀 애니는 17세기 에든버러에 살아요. 왕족의 거리 로열마일 뒤편 막다른 골목에 살아요. 백 년 후 사람들의 발밑에 묻힌 지하도시에 살아요. 흑사병으로 매몰된 영혼들 속에 살아요. 애니는 멀쩡하게 버려졌어요. 의사들은 묵묵히 지켜보다가 숨이 죽은 배춧잎처럼 육체만 날랐어요.

누군가 벽에서 손톱 긁히는 소리가 들렸다면 그건 애니의 비명

애니는 사탄의 보이지 않는 세계에 살아요. 그 책에 떠도는 유령 목격담 속에 살아요. 삼백 살 소녀 애니는 21세기에 깨어난 메리 킹스 클로즈에 살아요.

누군가 목덜미에 오싹한 한기가 스쳤다면 그건 애니의 시선

애니는 지하 여행자들의 기념사진 속에 살아요. 그들이 남기고 간 인형들 속에 살아요. 애니가 애니 곁을 지나가요. 애니가 애니를 돌아봐요. 애니는 낯선 기억의 주인이 되어 살아요. 아무도 헐지 못하는 시간 속에 애니의 방이 있어요.

연이는 한국에 살아요. 열여덟 살 연이는 사월의 땅끝 서해에 살아요. 북악산 푸른 기와 아래 아주 먼 곳에 살아요. 아주 낮은 곳에 살아요. 지붕도 없는 물속에 살아요. 천 일 동안 비를 맞고도 돌아갈 몸이 없는 영혼들 속에 살아요. 마르지 않는 물의 교복을 입고 있어요. 소연이 시연이 호연이 채연이 수연이 출석을 부르면 물의 의자에서 일어나 물의 뼈로 걸어와요.

누군가 텅 빈 입속으로 새 한 마리가 스몄다면 그건 연이가 흘린 물의 혀

연이는 입에서 입으로 네버엔딩스토리 속에 살아요. 그 노래가 흐르는 남녀노소 사이에 살아요. 미연이의 병실에도 지연이의 알바천국에도 보연이의 요람 속에도 연이가 살아요.

누군가 자신도 모르게 가슴을 칠 때 그건 연이가 움켜쥔 물의 주먹

울음이 터지면 굴뚝처럼 눈물 줄기를 타고 연이가 들어와요. 가슴벽을 이부자리 삼아 우린 서로 맞대고 살아요. 눈을 감으면 서로의 미래가 되어 우린 반반씩 살아요. 내장을 꽂아둔 화병이 있는 식탁 맨 끝자리에 연이가 살아요. 아무도 꺼내줄 수 없는 그곳에 연이의 방이 있어요. 명치끝에 있어요.

* 네버엔딩스토리: 세월호 유가족 모임인 416합창단이 리메이크한 '부활'의 노래.
* 세월호 참사 당시 단원고등학교 학생이었던 김소연, 김시연, 김호연, 박채연, 이수연의 이름과 함께 희생자들을 새깁니다.

5zip
여긴 누구의 꿈속일까

검은 새

새벽이었다. 새 한 마리가 있었다. 불빛도 없는 창턱에 앉아 있었다. 어떻게 들어온 것일까. 유리창은 닫혀 있었다. 나는 새를 만졌다. 새는 만질수록 뼈가 드러났다. 나는 장갑을 끼고 만지다가 눈으로 만졌다. 바닥에 누워 만지다가 마음으로 만졌다. 이름이 필요하니? 뒤적이던 사전을 베고 잠이 들었다. 낯선 울음이 귓속으로 흘렀다. 새는 제 이름을 되뇌고 있었다. 나는 예쁜 벌레를 잡아 새에게 먹였다. 군살이 붙는 새에게 야간 비행을 시켰다. 친구가 필요하니? 나는 텅 빈 공원을 떠돌았다. 숲으로 새를 날려 보내고 뒷모습을 베꼈다. 새는 나보다 먼저 돌아와 있었다. 나는 발목을 잡았다. 새의 앞모습을 그리기 시작했다. 두 눈의 핏발을 밤낮으로 닦아주었다. 잠이 필요하니? 새를 이불에 넣고 그림 속에서 새를 꺼냈다. 볕 잘 드는 창가로 옮겼다. 창틈에 손을 넣고 창밖의 구름을 치웠다. 바람이 불었다. 유리창이 푸드덕거렸다. 나는 날았다. 집채만 한 새장 속에 누워 바라보았다.

새장 속의 잠

고양이를 키우면 자다가도 밤눈이 떠지고
개를 키우면 컹컹컹 짖다가도 꼬리 치는 고독이 생겨나고

물고기를 키웠다
물속에서도 익사하지 않는 확신으로

사람들 속에서도 압사하지 않는 믿음으로

낡은 상자 안에 웅크린 긴 꼬리를 끌어내고
공원으로 시장으로 목줄을 차고 다니다가

어느 날 유리어항 속에 둥둥 떠 있는 마음을
한 마리씩 건져내 비닐봉지에 담았다

귀신을 기르려고 밤의 수도꼭지도 유방처럼 부풀었다
한 방울 두 방울 어둠은 뚝뚝 흘러서

그림자를 덮으려고 더 검은 악몽을 길렀다

더 낯선 인형을 기르고
더 많은 혼자를 길러서

빈 새장 안에 누워 있었다
책이 끝날 때까지 주인공이 나오지 않는
그런 이야기를 길렀다

발코니에서 길러지는 향기들이 역병처럼 떠도는 골목에서

저녁이면 불붙은 심장 하나가 서쪽으로 던져졌다
새는 날아가면서 타버린다

가정 방문

탁자 위에 공책을 펼치자 네 사람이 더 모였다. 모락모락 찐 감자가 나오는 동안 종지가 하나씩 주어졌다. 그 속에 담긴 건 살살 녹았지만 달지 않았다. 설탕 없어요? 우리 집에선 설탕이 법이다. 만병통치약으로도 쓰인다. 첫째 고양이 이름도 설탕우주다. 이게 좋아요. 훨씬 맛있어요. 감자를 소금에 찍어 먹을 수 있다니! 굳은살이 된 나이에 맛볼 수 있는 첫 경험이라니! 껍질을 벗기자 뜨거운 감자가 익숙해졌다. 따지고 보면 첫 경험이야 설탕 알갱이만큼 넘칠 텐데. 낯선 집을 방문한 것도 처음이었다. 둘째 고양이 이름은 소금밀루였다는 것이 문득 떠올랐다. 언제부터 소금은 빼먹고 밀루만 남았을까. 돌아보면 잊어버린 일이야 소금 알갱이만큼 넘칠 텐데. 감자를 소금에 찍어 먹는데 혀끝이 짠했다. 여자1이 휴대폰을 두고 왔다며 신발을 신었다. 여자2는 가스 불을 안 껐다며 뛰어나갔다. 선약을 깜박했다는 여자3은 시스루 란제리만 광고하다 쇼호스트처럼 사라졌다. 내일이면 야한 선물 몇 벌이 더 생각날까, 흘리고 간 처방전이 생각날까. 나는 그녀들 이름을 금세 까먹었고 남겨진 우리는 이야기의 목적도 잊고서 가가호호 웃었다.

유리 만담

큰 소리 내면서 깨지는 건 싫습니다
그러나 큰 소리 낼 이유가 없다면 깨질 이유도 없다는
이웃의 말을 믿어야 합니다
이웃은 오래 살았으니까
이웃에 귀 기울이면 깨질 일이 없고

그들 중 하나와 웨딩홀에 입장한다면
우리의 삶이란 고양이 발뒤꿈치를 닮아갈까요
그러나 한방을 쓴다면 이웃의 기억은 사라지고
한 몸이 되어 떠다니는 삶이란

제가 찜했다니까요
거리를 돌며 빈 상자 같은 집을 얻고
식탁 유리와 책상 유리를 겹쳐 실었습니다
같은 마음으로 트럭에 누워 뚫린 하늘을 보았습니다
조심히 다루세요
그러나 유리 사이엔 빠진 것이 있고
덜컹덜컹 흔들리는 우리 사이엔 무얼 끼워야 하는 걸
까요

가령 뽁뽁이 같은 아기 엉덩이랄지 한 장의 추억을 향해
뒤로만 걷다가 다시는 넘지 못할 금이 생기고
그렇게 금이 가는 것이고

깨졌다고 빛을 잃은 건 아닐 텐데
그러나 홀로 우아하게 바닥에서 뒹구는 고독을 빛나는 일이라고 말하지 않습니다
광이 나는 삶이란 옆집의 도자기처럼 고요하고
남자가 반짝반짝 구두를 닦을 때 여자는 돌아서서 그릇을 닦습니다
그녀는 이불도 햇빛에 널어야 하고 퇴근 후엔 시장에 갑니다
구석구석 청소를 하다가 깨뜨린 도자기를 뒤집어쓰고서
병원에 누워 생각에 잠겼습니다 그런 고독이란

피가 난다면 사람들은 달려옵니다
모아둔 경험과 아껴둔 연민과 샘솟는 핏방울을 보태줍니다
피에 피를 부어서 막힌 이웃을 뚫고

그러나 고독은 피를 흘리지 않고

옆집이 빈 후에 불이 난 것처럼 모두 흩어졌습니다
건물주가 리모델링을 선언하더니 동굴처럼 이웃이 텅 비어서
나는 혼자 곰처럼 백 일을 버텼습니다
자세를 허물지 않으려고 입술을 깨물었습니다
입술에서 피가 나는데
지하에서 내장처럼 이삿짐이 빠져나와도 아무도 모릅니다
건물이 쏟아질 때 튀어 나온 나는 파편과 같고

깨져도 찌르는 건 싫습니다
낯선 골목에 숨어들어도 불안은 발자국처럼 미행을 하는데
그러나 찌를 이유가 없다면 찔릴 이유도 없다는
이웃의 말을 믿어야 합니다
이웃은 힘이 세니까
이웃을 따라다니면 얻어맞을 일이 없고

밤마다 혼자 어슬렁거리는 걸 보았어요
그런 말이 는다면 집을 다시 옮겨야 하고
우리의 삶이란 고양이 꼬리를 닮아갈까요
고양이 눈빛이 하나둘 가로등처럼 꺼지는 그런 어둠이란
그런 어둠의 관 속에 다리를 뻗는 잠이란

이웃과 이웃 사이에 깨질 듯 끼어 있습니다
그러나 창문의 개수는 이웃의 개수보다 많고
옷을 벗어야 하는데
누군가 돌을 던질까 봐 창문을 닫을 수 없습니다
어제 깨진 사람들이 공중에 박혔는데

저 별은 나의 별 저 별은 너의 별
연인들은 끝이 없을 듯 노래 부르고
그러나 깨지고 나면 별 볼 일 없다는
이웃의 말을 믿어야 합니다 종말이 오기 전에
이웃은 사과나무를 옮겨 심으니까

이웃에 매달리면 굶어 죽을 일은 없을 텐데

공사장에는 층층이 별 볼 일 없는 고독이 아찔하게 쌓여갑니다
어둠의 끝까지 쌓이면 우리는 밤하늘이 됩니까

로드무비

맨 처음의 당신과 마지막의 당신
사이에 내가 있다
우리는 걸었지 팔짱을 끼고
새벽의 공장에서 자정의 극장까지
맨 처음의 당신은 사진 속에 누웠다가도
내가 부르면 달려온다
마지막의 당신은 복면을 쓰고 지나가지만
나는 그의 팔을 붙잡고 맨 처음의 당신을 소개한다
우리는 걸었지 팔짱을 끼고
맨 처음의 당신은 앞모습만 보이고
마지막의 당신은 뒤통수만 보이고
자리를 바꾸어도 얼굴은 따로따로
거울 가게 앞에서 문득 멈추면
한순간 오려낸 듯 모두 얼어붙고
당신의 얼굴과 나의 얼굴
머리를 바꾸어도 걸음은 따로따로
넝쿨처럼 허리를 감으며 허공을 엮으며
우리는 걸었지 팔짱을 끼고
거리의 풍문에서 숲속의 비문까지

서로 다른 기억들의 보폭을 맞추며
맨 처음의 나와 마지막의 나
사이에 당신이 있다
맨 처음의 나는 당신을 납치하고
마지막의 나는 당신의 인질이 되어
우리는 걸었지 팔짱을 끼고
오른팔과 왼팔이 엇갈린 채로
당신과 나 사이에 내가 있다
나와 당신 사이에 당신이 있다
죽어서도 나란히 팔짱을 끼고

다족류

발자국이 발자국을 엎지르면서 발자국이 발자국을 뒤섞으면서 발자국이 발자국을 집어삼키면서

발자국들이 어디서 멈추는지 보려고
나는 연못이 되었다

바람에 깎이는 살결 아래서 잠이 조금씩 얇아졌다

누군가 빠뜨린 손바닥들이 죽처럼 휘저어서
연못은 눌어붙지 않고

목책이 속눈썹처럼 흔들렸다
물가로 떨어진 그림자 하나가 잠시 서성이더니
어깨로 울음을 떠밀다가 정수리로 울음을 퍼붓다가

들썩거리던 머리채가 물속으로 딸려 들어갔다

햇빛이 실밥처럼 튀어 오르고
뜯어지는 잔물결 속에서

마주 보던 물그림자가 뛰어나와 허우적거리며 안고 나왔다

그림자가 그림자를 뚝뚝 흘리면서 그림자가 그림자를 끌어 덮으면서 그림자가 그림자를 펼쳐 말리면서

그림자들이 어디서 끝나는지 보려고
우리는 밤이 되었다

베개 밑에서

베개를 누르고 있었다
베개 밑에 물컹한 것이 있다 딱딱한 것일지도 모른다

손을 떼면 그것은 달아날지도 모른다
발이 수십 개 달렸을지도 모른다 발이 없는 것일지도 모른다

이건 손과 발의 싸움인가
이런 짓은 왜 하나 누가 거들지도 않는데

양지바른 집 베란다에는 뽀얀 베개들이 나와
무덤처럼 옹기종기 일광욕을 하는 시간

베개를 들추면 그것이 살아날 것 같아 종일 그러고 있었다

그런 손이 무서워져 머리끝까지 힘이 들어갔다
애꿎은 솜뭉치만 창자처럼 삐져나왔다

문 너머에서 갑자기 발소리가 났다
죄를 지은 기분이어서 베개 밑으로 숨었다

무겁고 축축한 머리가 베개를 베고 누웠다
익숙한 비누 냄새가 코를 틀어막았다

이건 머리와 몸의 싸움인가
이런 짓은 왜 하나 누가 말리지도 않는데

베개가 누르고 있었다
베개 밑에 감춰진 것이 있다 이미 죽은 것일지도 모른다

어쩌면 아무것도 없을 것 같아 밤새 떨면서 그러고 있었다

손가락을 손톱처럼 기르고

(처음엔 혼자 하는 기분이 들겠지만)

흰 뼈가 손끝에서 되돌아오듯……

검은 막 뒤로 배우들이 돌아간 뒤
무대 위의 화병을 치우다가

손가락을 끼우고 화병을 닦다가

서로 다른 열 개의 꽃말을 쥐고 있습니다
한 송이씩 손가락을 드리우고
깊고 좁은 영토를 굽어보며

어떤 밤엔 나의 피조물을 사랑하고
나의 신부가 되어 면사포를 쓰고

어떤 밤엔 나의 치부를 어루만지고
나의 신도가 되어 미사포를 쓰고

(끝내는 혼자 하는 기분이 들겠지만)

이야기가 흰 눈처럼 문장에 스미듯……

우리는 끈을 묶지 않고도 만질 수 있으니까
눈빛을 바르지 않아도 젖을 수 있으니까

참기름 묻은 손으로도 하고
붕대를 감은 손으로도 하고
시체 안치실에 누워 눈 감고도 합니다

공중에는 두루마리를 말고 사는 구름의 세계도 있다
삐져나오는 물의 가려움 속에서

좀비처럼 팔을 뻗고 고요히 다가간다는 것
텅 빈 등을 구부리고

겨울에 죽었던 꽃나무들도 헐벗은 가지마다
음핵을 밀어 올리고 팔다리를 비튼다

늙은 사과밭

사과나무가 이렇게 많은데 아름다운 사과 한 알 딸 수가 없구나
뜨거운 사과를 뱉지도 삼키지도 못하면서
허공은 왜 재갈처럼 물고만 있을까

기어 다니는 악몽이 갉아먹어서
벌레 먹은 인연은 옷깃만 스쳐도 깨져버리고

헛손질만 하다가 날이 저물겠지

걱정 말아요 나를 잠깐 내려주세요
허리를 굽히지 않아도 난 구석구석 찾을 수 있어요

네가 바닥으로 내려온다면 흰 소는 금방 달아날 텐데
얇고 투명한 맨발은 흙의 장난에도 나뭇잎처럼 찢어질 텐데

아래 가지는 간밤에 멧돼지들이 꺾어버렸단다
파먹다 팽개친 사과들을 밟고 지나갔구나

그럼 나무를 타고 올라가 윗가지를 흔들어줄게요

하지만 나무줄기는 네 허리보다 가늘고
윗가지는 우아한 새들이 차지했는걸 흙 한 방울 안 묻히고 평생을 보내겠지

새총은 어때요? 아빠가 물려준 엽총도 있어요 새들을 몰래 쫓을게요

너의 꽃잎 같은 손을 망치게 될 거야
더 많은 걸 다치게 될지도 몰라

조금만 기다려요 내가 얼른 자라서
나무보다 더 높이 자라서 꼭대기에 오를게요

나무가 점점 작아지겠구나 꼭대기에 오르고 나면
사과 따위는 잊어버릴걸 눈곱만큼 작아질 테니까

그럼 소년들을 모을게요 탑처럼 쌓으면 우린 못 할 게 없어요

힘이 센 어른이라면 뒷골목에도 많단다 엽총을 휘두르다 숨어버렸지
빨개진 두 손을 술 항아리에 감추고

헛손질만 하다가 날이 저물겠지

걱정 말아요 내가 불러올게요
흰 소와 함께라면 어디든 갈 수 있어요

네가 내려오지 않아도 흰 소는 금방 달아날 텐데
너를 뒷골목에 흘리고 흰 손은 금방 축축한 어둠에 젖을 텐데

거미줄처럼 얽힌 나뭇가지들만 눈빛도 없이 돌아보겠지
언젠가 찢어진 눈보라를 타고 백발의 아이들만 돌아오겠지

몸이 뒤틀린 사과나무 유령들만 남아

사과알만 한 핏방울을 쿵 쿵 떨어뜨릴 때마다
주인 없는 발자국들만 밤새 뒤척이는

여긴 누구의 꿈속일까

내가 없는 곳에서

#1

개미만 한 목소리들이 희미하게 기어 다녔다. 혈압이 떨어지고 있어요. 두 다리가 얼음처럼 녹아서 나는 날고 있었다. 호흡이 느려져요. 실이 끊긴 연처럼 나는 날고 있었다. 달빛 한 점 묻어 있지 않은 암흑이었다. 의사의 지시가 투하되고 간호사들이 파편처럼 튀었다. 검은 하늘이 타오르기 시작했다. 따뜻한 불길이 날갯죽지에 붙었다. 나는 아래로 추락했다. 수채로 빨려들듯 머리부터 끌려 내려왔다. 내 목소리 들리나요? 내 말 들려요? 누가 나를 흔들고 있었다. 천천히 눈이 떠졌다. 간호사가 이동침대를 끌고 왔는데, 잘 잤어요? 의사는 나를 깃털처럼 안아 새장 속으로 옮겼다.

#2

천장에 박힌 눈알들이 내려다보았다. 흰자위가 터질 듯 부풀었다. 빛이 흰색 페인트처럼 쏟아졌다. 사람들이 흔적도 없이 파묻히자 시간이 정지했다. 나는 몸이 하얗게 굳었거나 이미 지워졌는지도 모른다. 머리만 남아서 무한한 흰색 바다 위에 떠 있었다. 이런 건 꿈이 아니다. 그 흔한 귀신조차 없다면 악몽도 아니다. 여긴 현실의 끝일까. 의문마저 하얗게 묻혀버린다면 여긴 나의 끝일까. 내 목소리 들리나요? 내 말 들려요? 아무도 응답이 없었다. 갑자기 눈이 떠졌다. 동시에 무영등이 눈을 감았다. 내가 돌아왔나요? 간호사가 소지품을 챙겨주며 정신이 돌아오면 귀가하라고 했다. 아무도 없는 곳에 나를 두고 온 것 같은데, 다시 재발할까요? 의사는 묵묵히 내 입을 닫더니 문을 열어주었다.

검은 숲

책상 아래 향나무 숲이 있다. 나뭇가지마다 녹색 조등이 걸려 있다. 숲 가운데에 모닥불이 봉긋 솟아 있다. 죽은 가지 몇 개가 불 속에 파묻혔다. 책상 아래 관을 짜는 목수가 있다. 불꽃이 튈 때마다 이마에서 나이테가 움찔거렸다. 그는 관 하나를 맞추고는 그 속에 들어갔다. 불을 쬐던 손가락들이 관 뚜껑을 덮고 자리를 옮겼다. 책상 아래 묘비명을 새기는 석공이 있다. 획을 하나씩 새길 때마다 움푹 팬 뺨에서 돌가루가 떨어졌다. 손을 털던 손가락들이 마지막 글자를 장전했다. 그들이 잠들면 손가락들은 내게로 날아온다. 그들이 깨어날 때까지 나는 책상을 창가로 구석으로 문 옆으로 옮기며 숲에다 물을 주었다. 공중으로 옮겨서 모닥불도 피웠다. 그러면 몇 광년 떨어진 곳으로 불꽃이 튀었다. 어떤 마을에선 도깨비불이라 했고 어떤 거리에선 야광별이라 했다. 밤이면 누군가 흘린 손가락들이 까마귀처럼 날아다녔다. 지붕 아래 벽들의 숲이 있다. 하얀 조등이 천장마다 박혀 있다. 내가 잠들면 검은 손들이 창문을 가득 덮었다. 내가 깨어날 때까지 길가로 모퉁이로 땅 밑으로 내 방을 한 칸씩 옮겼다.

한 바구니 안에서도 할퀴지 않는 과일들처럼

저녁엔 저녁만이 내려앉을 수 있는 푸른 의자를 주세요
둥글고 묽은 식탁 위엔 케이크처럼 나눌 수 있는 흰죽을 주세요

공갈빵 같은 미소는 끊게 하시고
용서가 헤프거나 더딘 날들을 한 솥에 끓게 하시고

꾹 다문 입들을 차례로 벌려주시고
벌어진 입들에 차례로 발라주시고

포크를 쥔 마음이 서두르지 않게
다만 후식을 향하여 천천히 나아가게 하소서

속으로 속으로만
제 살을 떠먹는 과육이 까맣게 문드러지는 밤의 바구니를 망치기 전에
서로의 입속에서 씹어 삼키게 하소서

잠들어서야 벗어놓는 발톱들처럼

하루치 성을 쌓으려고 백 년 같은 무게를 실어 나르는

우리의 끝없는 숙원 사업은 저녁 식탁을 지키는 것
반짝이는 흰죽을 입에 물고

뺨에서 뺨으로
한 방울씩 떨어져 내리는
슬픔의 막노동을 빼앗지 마소서

모든 어둠을 향해 열렸다가 모든 아침에 닿아 살얼음
이 되는
저 거대한 문을 닫아주세요 쩍쩍 금이 가는
그 거대한 눈을 닫아주세요

날마다 퇴고 중인 우리의 기도로부터
죽기 직전의 문장들만 낚으시고

부디 낮과 밤으로 갈라지게 하소서
최후에 내려오는 동아줄처럼

단 한 끼의 채찍을 내려주세요
후려치는 리듬 안에서 시작과 끝을 깨우쳐주시고
다만 늪에서 구하옵소서

생활

혼자 닦을 수 있을 만큼만
너는 흘릴 줄 안다

마음이 유리창처럼 뜯어져 내리는데

고요한 복도를 의심하다가
튼튼한 건물을 안심하다가

호주머니에 넣어두는 철 지난 말처럼
어느 날 툭 떨어지는 나뭇잎처럼

쉼표를 뚝 뚝 찍어 바르듯
보시기에 좋았을까
떠드는 가로수들을 띄엄띄엄 꿇어앉히면서

열이 치솟는 어린양들을 어둠 속에 풍덩풍덩 빠뜨리면서
신은 외로운 장난꾸러기
아이들에게 벌을 세우는 기분일까

더 많은 신들이 비공개 방에 사는 줄도 모르고
더 작은 인생들이 탈퇴하는 줄도 모르고

속눈썹도 셀 수 있을 것 같은 밤인데

눈덩이처럼 몰려다니는 입들이 눈사람을 자꾸 만드는 줄도 모르고
우리의 얼굴은 끝없이 모르게 되고

구멍이 많은 나도
숨이 멈추지 않을 만큼만 참을 줄 안다

집에 올래? 맛있는 거 먹을까?

화들짝 감추는 귓속말처럼
하루하루 반성문을 쓰듯 떨어져 앉은
밤과 밤처럼

문門과 문問이 열리는 시간

소유정
(문학평론가)

1. 밤이 오면 환상의 다리를 건너지

『미기후』에 대한 이야기를 하기 전에 바로 지난 시집에서의 걸음을 잠시 짚어보자. 눈으로 확인할 수 있는 시인의 마지막 발자국이 찍힌 곳, 시집의 뒤표지다. 뒤표지의 글은 사실 시인이 읽는 이에게 남기는 가장 마지막 시이기도 하다. 그러니까 『세상의 모든 비밀』(문학과지성사, 2015)을 모두 읽고 덮었을 때, 우리는 이러한 구절을 만날 수 있다. "죽은 사람과 살아 있는 사람이 반씩 섞여 있는 마을에 머물렀다." 그도 그럴 것이 『세상의 모든 비밀』에는 타인의 죽음 이후 상실의 틈에서 남은 흔적들을 더듬어가며 길어 올린 감각들이 시집 곳곳에 맺

혀 있다. 시인에 의해 그것은 '비밀'이라는 은밀한 언어의 옷을 입고 천천히 우리의 귓가에 흘러 들어온다. 누구나 다 아는 말이라면 듣지 않으니까, 알면서도 모른 체 귀를 닫고 있는 이들에게 말을 전할 방법은 비밀뿐이니까, "기울지도 침몰하지도 않는/어떤 세계에서"(「세상의 모든 비밀」) 당신이 귀 기울이는 말은 비밀뿐이었으니까. 희미해지는 진실에 대한 적시의 언어적 방법으로 말할 수 없는 비밀이 아닌, 말해야 하는 비밀을 취했던 것이 지난 시집의 일이었다.

지금은 어떤가. 시인은 죽음과 생의 경계가 무화된 곳으로부터 멀리 떠나왔을까? 그곳에서 "막힌 굴뚝과 산책로를 손보고 낡은 식탁보와 새벽 꿈자리를 갈아주고 싶"(「뒤표지 글」)어 했던 마음을 조금은 덜어냈을까? 『세상의 모든 비밀』로부터 지금까지 6년이라는 시간이 흘렀지만 시인은 여전히 그 마을을 찾는다. 흘러온 시간 동안 죽은 자와 산 자가 반씩이라던 마을에는 기억하는 죽음이 더 늘어갔다. 이때의 기억하는 죽음이란 고인이 살아 있을 적 함께했던 시간과 나누었던 대화에 대한 시인의 개인적인 기억을 말하는 것이기도 하지만, 그것은 시로써 읽는 이에게 공유되었다는 점에서 일종의 문학적 기억으로 확장된다. 가령 故 이승훈 시인과 故 황현산 평론가를 기억하는 「죽음이 삶에게」에서 시인은 그들의 말을 복기하는 것으로 시를 시작한다. 故 이승훈 시인이 이민하의 첫번째 시집 『환상수족』에 붙였던 뒤 표지의 말을 옮겨 오고, 故 황현산 평론가가 마지막으로 남긴 세 마디를 다시 적는 식이다. 고인의 말을 복기하면서 시인은 그들이 생의 영역에 있던 시간으로 건너가는 다리 위에 오른다. 기억을 따라 걷다 보면 "이민하 씨를 찾아간 이민하 씨"가 되어 지난 생을 만나고 다시금 그때의 말도 건네받는다. "곧 나아질 거야." 죽음의 전언前言은 어느새 생생한 삶의 전언傳言이 된다. 그뿐인가. 한 사람의 시를 읽는 길잡이로서도 선생先生의 말은 여전히 유효하다. 그들의 말처럼 밤은 선생이고, 환상은 결핍의 산물이니까. 없음을 고백하고 빈자리를 들추는 것은 고통스럽지만, 나누는 것으로써 고통은 한편 위안을 주기도 하니까. 이민하는 기다린다. "빛과 어둠이 교차하는"(「비어 있는 사람」) 시간을. 모든 것의 경계가 지워지는 시간이라면 가능한 초월이 있으므로, 없음의 자리를 더듬어 말할 수 있는 시간을 시인은 기다리고 있다. 마침내 어둠이 내리면 "잠드는 내가" "누워 있는 나에게 믿음을 옮겼다"(「죽음이 삶에게」). 그리고 자장가를 부르듯 속삭인다. "곧 나아질 거야." 이후는 우리가 알고 있는 세계로의 진입이다. 이곳에서는 모두 만날 수 없고, 말할 수 없는 것들이 있다. 하지만 그렇기에 반드시 기억해야 하는 자리에서 이민하의 시는 다시 씌어진다.

2. 분화 – 연대

눈을 뜬다. 잠에서 깨어나는 것이 아니다. 꿈으로 깨어날 뿐이다. 잠에 들었던 자리는 익숙한 공간이겠지만, 시적 화자가 꿈으로 깨어나는 자리는 매번 다르다. "눈을 떠보니 고요한 방"(「삭비數飛: 희고 끝없는 소녀들」) 일 때도 있지만, "흙무더기였는지도"(「사과후事過後」) 모를 곳에 누워 있기도 했다. 이처럼 같은 장소로 특정되지 않기 때문에 꿈의 국경을 무사히 넘었다는 사실을 확인하기 위해 화자는 특정한 도구를 자주 불러온다. 예컨대 이것이 의식적으로 꿈을 꾸는 일종의 자각몽이라면, 꿈에서의 '나'를 확인하고자 현실 인식의 과정을 거치는 것이다. 시집 곳곳에 놓여 있는 거울은 현실 인식을 위한 도구이자 그가 꿈에 머물러 있음을 증명하는 것이기도 하다. 거울 앞에 선 화자를 보자. 거울에 비친 그는 어떤 모습일까.

언니는 자꾸 머리를 박았다
거울이 많은 집이었다

가까이 다가갈수록
막다른 장면엔 우리만 남았다

거울은 종일 서 있었다
벽을 증명하려고

등을 돌리는 순간 나는 나의 타인이 되는 것이다
끝내는 벽이 되는 것이다

거울 앞에 종일 서 있었다
얼굴을 증명하려고

—「wave」 부분

"거울이 많은 집"이다. 어쩌면 여러 면이 거울로 둘러싸여 있을지도 모른다. 집에 있는 사람이 '나' 혼자만은 아닌 것 같다. 언니로 지칭되는 누군가가 자꾸만 거울에 머리를 박고 있으니 말이다. 그런데 시가 진행될수록 언니에 대해 점점 의구심이 들기 시작한다. 언니는 정말 실존하는 타인인가? 거울과의 거리를 좁혀 막다른 곳에 서면 남는 것은 '우리'였지만, "등을 돌리는 순간 나는 나의 타인"이 된다는 서술로 미루어볼 때, 거울 앞에 서 있는 대상은 둘이 아닌 '나' 혼자뿐이었음을 확인할 수 있다. "막다른 장면"에서의 '우리'는 언니와 '나'가 아닌, 거울 속에 비친 '나'와 거울 밖의 '나'인 것이다. 뿐만 아니라 시의 말미에서 "우린 함께 왔는데//의자엔 한 사람씩 앉았다/꼭 한 사람씩 흘러갔다"는 구절로도 '우리'가 결국 '나'라는 "한 사람"을 지칭하고 있다는 사실은 분명해 보인다. 그럼에도 "얼굴을 증명하려고" "거울 앞에 종일 서 있"는 까닭은 무엇일까. 그것은 거울에 비치는 '나'의 모습이 거울 밖의 '나'만이 아니기 때문일 것이다. 내가 아닌 다른 얼굴들, 하지만 '나'와 다르지 않은 얼굴들이 있다. 언니를 언급하는 까닭 또한 이와 무관하지 않다.

이 밖에 시집에 수록된 여러 시편에서 할머니, 엄마, 언니 등 가족 구성원 중 여성을 호명하는 일이 잦다는 사실은 과연 주목할 만하다. 가령 「밤과 꿈」에서 "한 쌍의 모녀"를 두고 "어린 내가 울면 일하던 내가 달려가 흰밥을 짓는다"고 말할 때, 엄마와 딸의 구분 없이 우는 이와 일하고 밥을 짓는 이가 모두 '나'로 지칭될 때, 이민하의 시에서 할머니–엄마–(언니)–'나'로 이어지는 가족 내 여성 구성원은 대代로 나누어지지 않고 모두 '나'라는 하나의 주체를 통과하는 것으로 설명되고 있음을 알 수 있다. 이는 시적 화자인 '나'의 입장에서도 그러하지만, 다른 세대의 여성 구성원의 입장에서도 같은 '나'로 적용되는 것이다. 마트료시카 인형을 떠올려보자. 「러시아 인형—인간극장」을 쓰며 시인은 주석으로 "러시아의 전통 목각 인형 '마트료시카'는 '어머니'라는 뜻이 담긴 여자 이름 '마트료나'에서 유래"되었음을 밝힌다. "머릿수건에서 삐져나온/자라지 않는 머리카락이 반질반질/닳고 더러워지는 것으로 생활을 증명하듯이//굳어버린 몸속 겹겹이/아직 벗기지 않은 인생을 껴입고" 살아왔던 것이 '어머니'라는 이름을 품고 있는 인형이라면, 허리가 끊어지는 고통이지만 몸의 일부를 열어 자신과 꼭 닮은 아이를 낳고, 그 아이가 또 같은 삶을 사는 것이라면, 이는 임신과 출산으로 이어져온 여성의 삶과 몹시 닮아 있음을 알 수 있다. '어머니'의 역할을 지우고 '나'라는 개인으로 치환해도 동일하다. 분화되는 '나'로서 '나'는 시작과 끝 모두에 서 있다. 이민하의 시에서 이러한 여성 연대의 양상은 혈연에 의한 관계에 국한되지 않는다. "열여덟 살에 엄마가 되"었던 "옛날 소녀들"(「18」)이나, "징집되는 소녀들"(「가위」)과 같이 시대적·역사적 흐름 안에서 적극적으로 이야기되지 않았던 죽은 이들과 "아무도 헐지 못하는 시간"에 사는 '애니', 그리고 "아무도 꺼내줄 수 없는 그곳"에 사는 '연이'(「Never Ending Story」)와 같이 억울하게 죽음을 맞이했던 소녀들 또한 "끊을 수 없는 연대"(「밤과 꿈」)의 대상에 속한다. 더불어 생물학적 성별에 순응하는 삶이 아닌 스스로 여성이 '되기'를 선택한 이들에 대해서도 연대의 끈은 유효하다.

래리와 앤디가
그들의 세계에서 태어났을 때

아무도 돌아보지 않았을 때

희고 검은 소년들이 키를 맞추고
음계의 서열을 익혔을 때

[……]

벽들 사이에 이름을 짓고
래리가 라나로 돌아왔을 때

몸속에 집을 짓고
앤디가 릴리로 돌아왔을 때

아무도 웃지 않았을 때

[……]

라나와 릴리가
그녀들의 세계로 넘어갔을 때

—「라나와 릴리—인간극장」 부분

영화 〈매트릭스〉 시리즈를 만든 워쇼스키 형제는 남

성으로 태어났지만 이후 스스로 "이름을 짓고" "몸속에 집을 짓"는 것으로 래리와 앤디에서 라나와 릴리가 된다. 형제에서 남매가 되었다가, 남매에서 자매가 된 셈이다. 태어났을 때 "그들의 세계"는 남성의 세계였으나, 주체적인 선택과 행위로 마침내 그들은 "그녀들의 세계로 넘어"가게 된다. 여성은 태어나는 것이 아니라 만들어진다는 보부아르의 말과 정확하게 일치하는 것이기도 하다. 주석에 인용된 릴리의 말("하지만 나는 일생을 전환 중이었고, 앞으로도 0과 1 사이의 무한대 같은, 남성과 여성 사이 무한대에서 전환을 진행 중일 것이다") 역시 분화하는 주체로서 끊임없는 전환을 모색하고 있다는 점에서 러시아 인형의 그것과 다르지 않다. 이처럼 이민하의 시는 거울에 비치는 수많은 '나'의 얼굴을 발견하고 기록한다. '나'와 다르지 않은 모든 얼굴을 세세히 쓰다듬으며 네가 곧 '나'이고 '우리'라고 말할 때, '우리'의 "끊을 수 없는 연대"는 더욱 견고해진다.

3. 불화 – (門 – 問) – 이해

자유롭게 꿈속을 유영하는 이에게 눈에 띄는 한 가지는 말에 대한 것이다. 긴 꿈을 꾼 것 같다며 말을 꺼냈다가도 "꿈 이야기를 하려는데 목소리가 갈라졌다"(「피크

닉」)거나, "같은 말을 하면서 우리는 말을 잃은 것 같았다"(「흰 입 검은 입」)며 화자는 좀처럼 발화의 힘을 얻지 못한다. 때문에 이야기는 등 뒤에서 겉돌고, 입가에서 맴돌다가 입 밖으로 나오지 못하고 혀를 깨무는 것(「야유회」)으로 흩어져버리고 만다. "끊어진 말들은 어디서 어긋났을까"(「작고 연약하고 틀리는 마음」). 온전히 발화되지 못하고 끊어지는 말들에 대해서라면 몇몇의 시편에서 실마리를 찾을 수 있다.

> 너는 남았고 나도 남았는데 우리 사이엔 무엇이 빠진 걸까. 너를 사랑해. 당신은 말합니다. 나도 사랑해. 나는 말합니다. 누구를? 목적어를 빼면 왜 슬픈 농담이 돌아올까. 하늘에서 구름이 빠지듯
>
> 흐름을 놓치면 아웃사이더가 되고 대답을 잃으면 루저가 되고 마음을 숨기면 스파이가 되었다. 말을 빼돌리다가 의도를 빼돌리다가 나를 빼돌렸다. 뒷골목을 떠돌면서
>
> 멍때리고 있다가 시인이 되었다. 스파이가 스파이를 사랑하면 쌤쌤same same인데 믿음은 깨져버린다. 침 대신 뱉으라고 욕이 생겼다. 나쁜 놈. 주어 없이도 욕은 통한다. 주어 없는 축복은 왜 헷갈릴까. 행복했으면 좋겠어. 누가? 그게 누구든 상관없는데
>
> —「Sound Cloud」 부분

「Sound Cloud」는 “*우리는 모두 서로의 베이비*”가 후렴구처럼 울려 퍼지는 ‘베이비 3부작’의 마지막 시이기도 하다. 달뜨는 마음을 다독이는 주문은 “우리 사이”를 가늠하는 ‘나’의 곁을 맴돈다. 너와 ‘나’의 사이엔 무엇이 빠졌을까. 너는 말한다. “너를 사랑해.” ‘나’도 말한다. “나도 사랑해.” 우리는 모두 사랑한다고 말했지만, ‘나’의 말에 대한 너의 응답은 누구를 사랑하냐고 묻는 “슬픈 농담”으로 돌아온다. 우리 관계에 마가 뜨는 지점이다. 결국 “말을 빼돌리다가 의도를 빼돌리다가 나를 빼돌”린 셈이 되어버린 사랑에 대해, 깨져버린 믿음에 대해 무어라 덧붙일 수 있을까. 우리가 하는 모든 말이 타인에게 매번 온전한 의미로 닿지 않아서, 그럴 수가 없어서 우리의 말은, 너와 ‘나’는 불화한다. 드문드문 끊어진 말과 어색하게 멀어져버린 관계만이 남는다. 어긋나는 만큼 말에 대한 고민은 점점 깊어져서 ‘나’는 이런 생각을 하기도 한다. “하나를 생각하면 백까지 떠오”르고 “하나만 생각하면 아흔아홉이 지워”지는데, “*모든 말을 하려면 입을 다물어야 할까요?*”. 생각한 모든 것을 다 말할 수는 없다. 뱉으려다가도 말문이 쉽게 열리지 않는 까닭에 혀끝에서 툭 걸리고 마는 것이 말이다. 때문에 말 앞에서는 언제나 “주저주저와 주절주절 사이”(「문학 개론」)를 걷는 인간이라서, 그는 비유의 방식을 택한다. 하나만 말하고 있는 것처럼 보이지만 백을 노래하는 방법을, 백을 이야기하는 것 같지만 단 하나만을 말하는 방법을. 이번 시집에서 유독 '~듯이' '~처럼'과 같은 직유의 표현이 자주 쓰이는 것도 이러한 맥락에서 이해할 수 있을 것이다. 그중에서도 적극적인 비유를 통한 폭로를 보여주는 시가 있다. 「문학 개론」을 좀더 보자.

어느 날 갑자기 말문이 열리는 것입니다. 한마디를 찾기 위해 수십 년을 더듬거렸다는 듯이. 세월 속에서 인화되는 필름 같은 것. 여섯 살 때였습니다. 낯선 혀가 불쑥 내 입 속으로 들어왔습니다. 첫 키스입니까. 첫번째 개새끼입니다. 무슨 말이 필요합니까. 첫사랑을 만난 후에야 알았습니다. 양치질만 하다가 헤어졌으니까요.

[……]

어느 날 갑자기 말문이 막히는 것입니다. 폐가에서 낮잠이 들었는데 창문도 없는 개집에 누워 있었습니다. 친구들을 찾아 꿈을 따라갔습니다. 안녕? 여기들 모여 있구나. 어딘지 낯익은 소녀들이 비좁은 창문가에서 웅성거립니다. 서로의 입술을 필사하려는 듯이. 이야기를 밧줄처럼 꼬아서 꿈 밖으로 서로를 구조하려는 듯이. 소설보다 길고 복잡하고 외로운 장르입니다.

돌아보고 돌아보고 돌아보았습니다. 하나를 생각하면

백까지 떠오릅니다. 하나만 생각하면 아흔아홉이 지워집니다. *모든 말을 하려면 입을 다물어야 할까요?* 주저주저와 주절주절 사이에서 날이 어두워집니다.

—「문학 개론」 부분

이민하의 시에서 문門은 결코 뗄 수 없는 이미지이다. 첫번째 시집 『환상수족』에서 시작과 끝에 '열리는 문'과 '닫히는 문'이 놓여 있었던 것처럼 이 시 역시 그와 닮아 있다. "어느 날 갑자기 말문이 열리"고 또 "갑자기 말문이 막히는 것"으로 시작되고 끝이 난다. 말문이 열리는 까닭은 여섯 살 때의 이야기를 하기 위해서다. "낯선 혀가 불쑥 내 입속으로 들어왔"던 그때의 일을 화자는 '첫 키스입니다'라고 말하지 않는다. 이물감만 남은 어린 날의 사건을 두고 "첫 키스입니까" 하고 의문을 던질 뿐이다. 하지만 '나'를 불쾌하게 만든 "낯선 혀"에 대해서라면 단호하다. "첫번째 개새끼입니다. 무슨 말이 필요합니까." 개새끼에 대한 폭로는 계속해서 이어진다. "열한 살 때 나를 만진 개새끼" "열아홉에 만난 개새끼", 스물넷에 마주쳤던 한 무리의 개새끼들, "늙은 개들"의 이야기가 열린 문틈 사이로 쏟아져 나온다. 그동안 이렇게 말할 수 없었던 까닭은 불쾌한 이물감을 토로해도 "*꿈을 꾸는 것처럼*" 말한다는 엄마의 반응이나 학교 교훈이 그러했듯 "희생과 정숙"을 강요받았기 때문이다. 게다가 그동안 '나'를 추행하고 괴롭게 했던 이들을 일컫는 단 한마디를 찾지 못해서 좀처럼 말문은 열리지가 않았다. 마침내 수십 년을 더듬어 찾아낸 한마디는 '나'의 유년의 기억과 연결된다. 어렸을 적 키운 개의 이름이 '해피'였다는 것과 어느 날 '해피'가 흔적도 없이 사라졌다는 사실은 "첫번째 개새끼"에 대한 '나'의 폭로와 병치되어 있다. "*해피는 어디로 사라졌나요?*" 물으며 그것이 "나의 첫 질문"이었음을 밝힐 때, 이는 앞서 던진 첫 키스에 대한 의문과는 다른 종류의 것으로 느껴진다. "낯선 혀"의 침범과 나란히 놓인 '해피'의 실종은 '나'의 행복 happy 또한 어디론가 사라졌으며 "해피 없는 인생이 시작"되었다는 슬픔을 극명하게 드러낼 뿐이다. '나'의 폭로가 글이 아니라 마음으로 쓰는, "그러니까 이건 고백"이라는 정확한 선언은 불행을 안겨주었던 수많은 개새끼를 향한 정제된 분노이자 잃어버린 '해피'를 향한 서글픈 외침이다.

'나'는 해피가 아직 죽지 않았다고 믿는다. "해피의 엔드"는 '나'이므로. 자신의 불행을 "헐값"에 팔아 해피를 찾으려는 시도도 아니다. 화자는 불행했던 시절을 밝히고 그 시절의 '나'를 기억하면서 행복의 결말만은 스스로 선택하고 싶어 한다. 해피가 사라진 것은 '나'에 의해서가 아니지만, 잃어버린 해피를 찾는 인생에 끝이 있다면 그 맺음은 자신의 선택에 의한 것이기를 그는 바라고 있다. 말문을 열고 문장을 쏟아내는 문학 개론門學 開論이면서 동시에 '나'를 불행하게 했던 이들을 폭로하고 물음을 던진다는 점에서는 문학 개론問學 개-論이기도 한 이 시는 이민하 시 세계의 한 부분을 이해할 수 있는 문학 개론文學 槪論으로 읽힌다.

모든 것을 쏟아낸 이후엔 정말로 끝을 말할 수 있을까? 문門과 문問이 계속되며 말이 이어지는 시간 동안 어느새 '나'의 말문은 열릴 때 그랬던 것처럼 갑작스레 닫힌다. 잠에서 깨어보니 "창문도 없는 개집"에 혼자뿐이다. '해피'가 살던 집은 아니었을까. 문問을 열고 꿈을 따라가니 "어딘지 낯익은 소녀들"이 모여 있다. 앞서 그가 거울에서 발견했던 '나'와 다르지 않은 소녀들이다. 웅성대는 소녀들은 저마다의 이야기를 하는 것이 아닌 "서로의 입술을 필사"하고 있었다. 서로의 입술을 보고 베낀다는 것은 어떤 의미일까. 그것은 말에 대한 화자의 처음 고민과 맞닿아 있다. 우리의 말이 어긋날 수밖에 없는 까닭은 오로지 발화자를 중심으로 말이 생성되기 때문일 것이다. 하지만 던져진 말에서 의도는 무엇인지 또 빠진 것은 없는지 확인하고 들추려는 시도보다, 서로를 향해 열린 문을 조심스레 들여다본다면, 그 안에서 흘러나오는 것이 오직 상대를 향해 있다는 것을 깨닫게 된다면 어떨까. "너를 사랑해." 너의 입에서 나온 말을 다시 한번 나의 입으로 받아 적고, "나도 사랑해." 나의 입에서 나온 말을 너의 입으로 한 번 더 삼킬 수 있다면, 그 과정은 어떤 이야기보다 길고 복잡하고 외롭기도 할 테지만 이해라는 완전한 장르에 들어설 수 있는 길이지 않을까. 그 끝엔 더할 나위 없는 해피엔드가 기다리고 있을 것이라고 상상해본다.

문득 눈을 뜬다. 잠드는 내가 이곳으로 다시 돌아온 것일까 아니면 또 다른 꿈으로 깨어난 것일까. "여긴 현실의 끝일까. 의문마저 하얗게 묻혀버린다면 여긴 나의 끝일까"(「내가 없는 곳에서」). 끝이라면 누군가 답해주기를 바라보지만 돌아오는 응답은 없다. 마치 "주인 없는 육체"(「구름의 분위기」)로 살아 있는 것만 같고, "아무도 없는 곳에 나를 두고 온 것 같은"(「내가 없는 곳에서」) 기분만이 잔상처럼 남아 있다. 세상을 떠난 이들과 녹지 않은 밥 앞에서 서성이는 작은 짐승이, 빛처럼 쏟아지던 말들과 수많은 '나'가 그곳에 있었다. 그것이 생생한 꿈이고 이곳은 흐릿한 현실이라고 해도 잠든 사이 눈에 담고 손길을 더하고 베끼듯 중얼거린 것들은 결코 흩어지지 않는다. 시인의 언어는 이 순간에도 꿈속을 유영하고 있으므로. 또다시 환상의 다리가 놓이면 꿈을 꾸는 언어는 시가 되어 우리 앞에 흐를 것이다. 다만 어둠이 내리기를 기다린다. ▨